545

LA LOCURA DE AMOR

—

UN DRAMA NUEVO

COLECCIÓN AUSTRAL
N.º 545

MANUEL TAMAYO Y BAUS

LA LOCURA DE AMOR

UN DRAMA NUEVO

PRÓLOGO DE

ALFONSO M. ESCUDERO

AGUSTINO

PROFESOR DE LA UNIVERSIDAD CATÓLICA DE CHILE
Y DEL LICEO SAN AGUSTÍN, DE SANTIAGO

CUARTA EDICIÓN

ESPASA-CALPE, S. A.
MADRID

Ediciones para la

COLECCIÓN AUSTRAL

Primera edición: 15 - XI - 1945
Segunda edición: 20 - IX - 1965
Tercera edición: 2 - XII - 1970
Cuarta edición: 26 - VI - 1978

Espasa-Calpe, S. A., Madrid

———

Depósito legal: M. 20.774—1978

ISBN 84—239—0545—4

Impreso en España
Printed in Spain

Acabado de imprimir el día 26 de junio de 1978

Talleres gráficos de la Editorial Espasa-Calpe, S. A.
Carretera de Irún, km. 12,200. Madrid-34

ÍNDICE

PRÓLOGO

I. DON MANUEL TAMAYO Y BAUS

Es el 18 de febrero de 1841.

En el escenario de un teatro granadino, medio corrido el telón, aparece frente a los aplausos del público una mujer joven, bella y graciosa que abraza a un chico de ojos vivarachos y que todavía no cumple los once años y medio.

Ella se llama Joaquina Baus; y a él le dicen Manolo; pero, en la portada del arreglo con que precisamente esa noche inicia su carrera dramática, ha firmado Manuel Tamayo y Baus.

Manuel Tamayo y Baus había nacido en Madrid el 15 de septiembre de 1829.

Sus padres —don José Tamayo y doña Joaquina Baus— fueron actores. También lo habían sido otros de sus ascendientes, y lo serán otros miembros de la familia.

Lo primero que vieron los ojos de Manolo fueron actores, escenarios, representaciones, públicos.

Creció oyendo los aplausos a su madre, y se instruyó leyendo y viajando, en esas andanzas de cómicos por ciudades cargadas de historia.

No estudió en escuela de programa más o menos oficial; pero «a la edad en que los demás niños suelen apenas abandonar la escuela, Tamayo se había hecho dueño por sí mismo de un gran caudal de conocimientos serios y muy variados» (Cotarelo, discurso de 1929).

Se casó (1849) a los veinte años, sin más base eco-
nómica que un empleíllo que en el ministerio de la Gobernación, y como regalo de boda, le consiguió su deudo,
el entonces poderoso don Antonio Gil y Zárate.

Su mujer, sobrina del famoso actor Isidoro Máiquez,
se llamaba Emilia Máiquez; pero Tamayo, en un ga-
lante juego de palabras, no la llamó sino Amalia.

En 1854 ingresó en la Real Academia Española de
la Lengua. Y no fue un académico honorario: trabajó
en las comisiones, tomó parte en la redacción del Diccionario y de las obras de doctrina gramatical; y desde 1874, ya secretario de la corporación, escribió en
nombre de ella millares de cartas a corresponsales de
España y del extranjero, especialmente de América;
y se esmeró en una relación clara y precisa de las se-
siones. Le había tomado cariño a la Academia. Y a ese
cariño y a la eficacia politicosocial de Pidal se debió el
edificio que en 1894 inauguró la que limpia, fija y da
esplendor.

La *gloriosa* (la revolución de 1868) lo dejó cesante
de su oficialía en el ministerio de la Gobernación; y
él, por su cuenta, renunció además a la jefatura de la
Biblioteca del Instituto de San Isidro.

Estaba reservado a su amigo don Alejandro Pidal y
Mon, ministro de Fomento, el desagravio: en 1884 nom-
bró a Tamayo director de la Biblioteca Nacional y jefe
del cuerpo de archiveros, bibliotecarios y anticuarios.
Le concedió, además, una comisión para visitar las principales bibliotecas públicas de Europa (París, Londres,
Bruselas, Amberes, Berlín, Munich e Italia). Meses
más tarde, ya estaba Tamayo a la altura del cargo para
el que lo había nombrado Pidal.

Pero no se sirvió del puesto: sirvió al país desde el
puesto.

Logró el traslado desde el local antiguo a uno más decoroso, en el Paseo de Recoletos.

Laborioso, al principio trabajó varias horas diarias en poner al día los índices; y cuentan que no era extraño verlo, envuelto en polvo, con los anteojos subidos a la frente, trasladando libros, como cualquier oficial subalterno.

Falleció el 20 de junio de 1898, en paz con Dios, como correspondía al caballero cristiano que fue.

II. TRAZOS PARA SU RETRATO

Fue un hombre sencillo, modesto, laborioso, indiferente a los honores. Pudo —como tanto farsante de su tiempo— haber sido diputado, senador, embajador, ministro; haberse conseguido un título; haberse acorazado de cruces el pecho, «y no adornó nunca ni una sola cinta el ojal de su levita» (Sicars, pág. 61).

De trato afable, de conversación chispeante, no era la maledicencia el atractivo de su conversación.

Españolísimo, su independencia no transigía con las exigencias de la moda.

Políticamente, en su juventud formó parte del grupo carlista de los Nocedal; después, si se lo pudo creer adherente a alguno, seguramente no fue al de los *hombres de bien* de su sátira dramática.

Recuerda Espina y Capo:

«Era Tamayo de pequeña estatura, tenía una cabeza muy grande y era muy miope. Silencioso y nada dado a reuniones muy numerosas, era de exquisita educación, pero reacio a entablar amistades. Yo le conocí en el saloncillo del teatro del Príncipe, en la tertulia de don Julián Romea, en unión de Hartzenbusch, Eguilaz, Blasco y, a veces, Fernández y González, Nocedal y

Bretón de los Herreros. Allí se hablaba de literatura, algo de política, siempre reaccionaria, y se comentaban los estrenos y los éxitos de los autores de aquella época» (págs. 447-48).

III. PRINCIPALES OBRAS

Lista de las principales obras dramáticas de Tamayo, desde su ensayo de *Genoveva de Brabante* (1841).

1. *Juana de Arco.* Drama en verso. 4 actos. Imitación de Schiller. Estreno: el 21-X-1847.

2. *El Cinco de Agosto.* Drama en verso. 4 actos. 7-XII-1848.

3. *Centellas y Moncada.* Drama romántico, en verso. 5 actos. Colaboración de Benito Llaneza y Esquibel Hurtado de Mendoza. 14-VI-1850.

4. *Fernando el pescador, o Málaga y los franceses.* Melodrama patriótico-romántico. 3 actos. 25-X-1850.

5. *Una apuesta.* Comedia. 1 acto. 20-V-1851.

6. *La esperanza de la patria.* Loa en verso. 1 acto. Colaboración de Manuel Cañete. 18-II-1852.

7. *Ángela.* Drama en prosa. 5 actos. Adaptación de *Intriga y amor* de Schiller. 13-XI-1852.

8. *Huyendo del perejil.* Juguete cómico. 1 acto. 15-III-1853.

9. *Virginia.* Tragedia en verso. 5 actos. **Primera versión**: 7-XII-1853.

10. *El peluquero de S. A.* Comedia en prosa. 3 actos. Colaboración de Luis Fernández Guerra y Manuel Cañete. 24-XII-1853.

11. *La ricahembra.* Drama histórico, en verso. **4 actos. Colaboración de** Aureliano Fernández Guerra y Orbe. 20-IV-1854.

12. *El castillo de Balsaín*. Drama en prosa. 3 actos. Colaboración de Luis Fernández Guerra. 24-XII-1854.

13. *La locura de amor*. Drama histórico, en prosa. 5 actos. 12-I-1855.

14. *Hija y madre*. Drama en prosa. 3 actos. 19-V-1855.

15. *La bola de nieve*. Drama en verso. 3 actos. 12-V-1856.

16. *Historia de una carta*. Comedia en prosa. 3 actos. Arreglo del francés. 6-X-1860.

17. *La aldea de S. Lorenzo*. Melodrama en prosa. 1 prólogo y 3 actos. Arreglo del francés. Colaboración de Luis Fernández Guerra. 24-XII-1860.

18. *Lo positivo*. Comedia en prosa. 3 actos. Adaptación de *Le duc Job*, de León Laya. 25-X-1862.

19. *Lances de honor*. Drama en prosa. 3 actos. 1-IX-1863.

20. *Del dicho al hecho...* Comedia en prosa. 3 actos. Adaptación de *La pierre de touche*, de E. Augier y J. Sandeau. 24-XII-1863.

21. *Un banquero*. Comedia en prosa. 5 actos. Arreglo de *Montjoye*, de O. Feuillet. 9-IV-1864.

22. *Más vale maña que fuerza*. Comedia en prosa. 1 acto. Imitación del francés. 26-XI-1866.

23. *Un drama nuevo*. Drama en prosa y verso. 3 actos. 4-V-1867.

24. *No hay mal que por bien no venga*. Comedia en prosa. 3 actos. Adaptación de *Le feu au couvent*, de Barrière. 23-XII-1868.

25. *Los hombres de bien*. Drama en prosa. 3 actos. 17-XII-1870.

26. *El Hecce Homo* (1919 ?).

IV. EL DRAMATURGO

Para saber qué pensaba Tamayo del arte teatral, hay, entre otros, dos documentos importantes: el prólogo de *Ángela* (1852) y su discurso de ingreso en la Academia: *De la verdad considerada como fuente de belleza en la literatura dramática* (1858).

Al prólogo de 1852 pertenecen la confesión de que hace suyo el alejandrino francés *tous les genres sont bons, hors le genre ennuyeux;* y la aseveración que sigue:

«Los principios de mi poética dramática se encierran en esta frase: *Los hombres, y Dios sobre los hombres.* Este símbolo es la luz del mundo moral que miro brillar a lo lejos.»

La redacción de su discurso de ingreso en la Academia lo obligó a fijar mejor sus ideas; y el fijarlas le impuso nuevas obligaciones, que se van a manifestar en las obras posteriores.

Idea básica de ese discurso es la de la verdad, y una de sus declaraciones de más trascendencia, la que copio: «Las criaturas ficticias para ser bellas han de ser formadas a imagen y semejanza de la criatura viviente.»

Decía Julián Romea que Tamayo, criado en las tablas, entre actores, conocía los secretos teatrales con más perfección que los más renombrados cómicos de su tiempo.

De ahí algunas de las obligaciones que se impuso, y cumplió.

En 1929 los hermanos Álvarez Quintero aseveraban:

«Seguimos creyendo que la excelsitud de Tamayo y Baus como poeta dramático, la que le asegura vida imperecedera, descansa en aquellas dos sobresalientes cualidades de su obra en general: el arte de la composición y el arte del diálogo. Del diálogo existen maestros españoles en todos los siglos y en todos los géneros; pero el sentido y la práctica de la esmerada composición no se dan frecuentemente; son menos nacionales, sin duda.»

Otras características apuntables a su favor: pericia en delinear caracteres, arte de combinar las situaciones, agilidad, donaire, fantasía, calor humano.

Su sentido temperamental y literario del equilibrio, de la ponderación, lo llevó a una especie de armonía entre el Romanticismo y el Clasicismo; o, para usar otros vocablos de su tiempo, a un realismo ideal.

Respecto a los medios expresivos, a veces abusó de las sentencias semifilosóficas; a veces sus personajes se expresan demasiado bien; pero, en general, es un respetuoso amigo de la naturalidad y de la propiedad, y cada interlocutor habla como le corresponde. Y en ese hecho radica, en parte, su fuerza expresiva.

Tamayo era un hombre estudioso: leía con atención a lós grandes dramaturgos nacionales y extranjeros, especialmente a Shakespeare y Schiller.

Hay quienes recuerdan con insistencia poco amistosa sus aficiones a adaptar obras extranjeras; pero olvidan que las obras que más justa fama han dado a Tamayo son de Tamayo y de nadie más.

Otro gran mérito: provocó interés sin entretener al público a costa del decoro de una mujer.

Caballero del teatro, son tal vez sus figuras femeninas las más cargadas de simpatía: Cecilia, Ángela, doña Juana, doña Candelaria, Alicia, la ricahembra; pero los hombres no tienen por qué agraviarse. Recuérdese, si no, al marqués, a Rafael, a don Dámaso, a Yorick, a Damián, a don Álvar.

Todavía una última observación: concedía a las figuras secundarias (Aldara, Beltrán, Marina, Diego Medina...) una atención a que no nos tienen acostumbrados los dramaturgos españoles modernos.

¿Cuáles fueron las ideas básicas que se propuso exaltar el autor de *Lances de honor*?

Creo que la rectitud, el amor a la familia y a esa otra familia mayor que es la Patria, la justicia, el honor, la sinceridad, el valor para sostener las ideas buenas, la generosidad.

Para cerrar este párrafo, los nombres de los mejores intérpretes contemporáneos de su teatro: Teodora Lamadrid, Joaquín Arjona, Victorino Tamayo y Baus.

V. ANOTACIONES A ALGUNAS DE SUS OBRAS

Olvidémonos de su *Juana de Arco* (imitación de *La doncella de Orleáns,* de Schiller). Tampoco hay por qué desenterrar otros ensayos juveniles. Ni aún *Ángela,* a pesar de todas sus desviaciones de su modelo Schiller.

Sus primeros aciertos me parecen *Huyendo del perejil* y *Una apuesta*. Sobre todo ésta: parece obra de madurez, y se estrenó en 1851, cuando Tamayo tenía sólo veintidós años.

Desde muchos años antes de Tamayo era voz general que la tragedia había muerto. Pero Tamayo no quería que muriera. Y proponía: «Para que la tragedia conquiste en nuestros días el puesto preferente que le corresponde, es fuerza romper la cadena que en cierto modo une la tragedia moderna con la antigua... Menos desabrida sencillez, más lógico artificio; menos descriptiva, más acción; menos monótona austeridad, más diversidad de tonos, más claroscuro en la pintura de los caracteres; menos cabeza, más alma.»

De acuerdo con esas ideas, escribió e hizo representar su *Virginia* (1853).

Tanto se había encariñado Tamayo con su *Virginia*, que, en los últimos años de su vida, secretamente, la escribió de nuevo; y así, en esa nueva redacción, se volvió a representar a comienzos de nuestro siglo. Pero tampoco tuvo el éxito deseado.

La nueva versión no era superior a la primera: había en ella más corrección, pero menos espontaneidad, menos alma.

Total: con *Virginia*, Tamayo no hizo sino confirmar la muerte de la tragedia clasicista más todavía que el *Edipo* de Martínez de la Rosa y *La muerte de César* de Ventura de la Vega.

La colaboración de don Aureliano Fernández Guerra en *La ricahembra* (1854) tal vez no pase de haber desenterrado el tema y —dada en aquellos días su frecuentación de don Francisco de Quevedo— probablemente haber redactado los versos en que actúa y habla Beltrán.

Importa no confundir a doña Juana de Mendoza con su contemporánea la madre de *los infantes de Aragón*, a la que las crónicas llamaron *la ricahembra;* pero la doña Juana de Mendoza de Tamayo también era joven, hermosa y rica, y viuda —de don Diego Gómez Manrique de Lara, muerto en Aljubarrota.

Técnicamente, lo mejor es el primer acto, que trata de la aceptación, por parte de doña Juana, de las pretensiones de don Alonso Enríquez, porque la ricahembra no quiso que se pudiera decir que había puesto en ella la mano un hombre que no era su marido.

Pero la obra no es sólo esa anécdota: se alarga en las aspiraciones de Vivalvo y la participación de Beltrán y su sobrina Marina.

Los autores se propusieron hacer resaltar la virtud enérgica de una antigua dama española.

En *Hija y madre* (1855) tal vez hay demasiadas coincidencias y contrastes violentos para impresionar a un lector de hoy.

Prefiero, aunque no exentas del reproche apuntado, las adaptaciones tituladas *Lo positivo* (1862), *Del dicho al hecho...* (1863) y *Más vale maña que fuerza* (1866).

Lo positivo no debe a Laya sino la idea; el desarrollo es de Tamayo. Merece el éxito que tuvo.

La bola de nieve (1856) estudia la pasión de los celos.

«La bola de nieve —decía Cotarelo en 1929— va formándose en el corazón de los dos hermanos, Clara y Luis, nobles y buenos ambos, pero de una suspicacia inconcebible acerca de lo verdadero del afecto de sus respectivos novios, Fernando y María... La bola crece, crece y aplasta a los que la habían formado. Logran hacerse aborrecibles a sus víctimas, y que éstas, después de juntarse para defenderse de tiranía tan odiosa, asustadas del abismo en que iban a caer casándose con sus implacables verdugos, lo hagan entre sí, muy a gusto del público, que aplaude el castigo de los celosos.»

Uno que oiga ese desenlace, clama: inverosimilitud. Pero no: léase la obra y se verá lo gradual, lo natural del proceso y lo justificado del desenlace.

Y ahora, algunas líneas acerca de las que creo las cuatro obras más logradas de don Manuel Tamayo y Baus: *La locura de amor, Un drama nuevo, Lances de honor* y *Los hombres de bien*.

VI. LA LOCURA DE AMOR

La tesis de Tamayo y la conclusión a que ahora se llega es que la locura de doña Juana fue locura de amor, pasión de celos, como ella misma declara en carta del 3 de marzo de 1505.

Véase algo de lo que al respecto escriben Pilar de Lusarreta, Pedro Badanelli y Roberto Levillier.

Pilar de Lusarreta (1932): «Cuando el celoso o la celosa descubren la infidelidad y acusan de ella, el celado no tiene nunca otra defensa que acusar a su vez. La respuesta típica, la respuesta modelo, es siempre la misma: "¡Estás loca!"

»Se dice con rencor o con indiferencia, pero se dice siempre... Por fastidio, por pequeñez, llama locura a lo que sabe que es presentimiento de la verdad...

»Y, sin embargo, el padecimiento del que cela —mil veces peor que el padecer del que llora la muerte— es poco simpático; hasta resulta ridículo. Implica inferioridad y sometimiento; es antipático, antiartístico, penoso. En el teatro, en la novela, en la vida, el personaje celoso, si es mujer, es una harpía; si hombre, un infeliz. En cambio, el celado goza de general consideración, empezando por la que él propio se tiene. Suele calificarse de inteligente por su capacidad de ficción, y si no logra escapar impune (como suele ocurrir) de las garras del celoso, cobra perfiles de héroe y de mártir, y el indiferente, uniéndose a su hipócrita acusación, repite con él a cuenta del celoso: "Está loco" o "Es un loco." El ajeno padecimiento parece casi siempre una locura.

»Volviendo a doña Juana..., durante diez años ha vivido absorta en su pasión... Y al enfrentarse al in-

diferente sosiego que le brindaba la temprana muerte
del archiduque, no pudo resistir el cambio... Cae flác-
cida, gastada, abúlica; ya no tiene de qué vivir...

»Juana es para la historia y en la leyenda una "loca
celosa"; y, sin embargo, seguida sin prejuicios su evo-
lución psíquica, es fácil advertir que su locura, su verdadera locura o abulia sentimental, comenzó precisamente cuando acabaron sus celos.»

El señor Levillier: «Don Felipe el Hermoso no fue
notable en la historia por su carácter, ni por su vida,
ni por su acción. Perteneció a ese tipo de hombre que
merece calificativos amables, salvo el de *interesante*,
con que le condecoran las mujeres exuberantes, siendo
ellas, en realidad, quienes iluminan su figura con el
interés existente dentro de sí mismas...

»Nada se fijaba en él, ni persistía, salvo su indeleble
facultad de ser, en todo, fugaz... Ella, doña Juana,
por su parte, era una morenita delgada, de mediana
estatura, flexible, de ojos que volcaban fuera su brillo
y su candoroso fervor, de labios rojos, sonrientes, en
una fisonomía feliz, como una llama ardiente y libre...

»La lucha es desigual entre la constancia y la inconstancia. Y vence la inconstancia, que no exige esfuerzo
para persistir en sus milenarias curiosidades. En cambio, ¡cuánto dominio de parte de la mujer fiel a un
amor, para conservarlo, contra las picardías del hombre
que lo inspira!...

»Doña Juana ni mató ni se mató. Insultó, lloró, per-
siguió y vivió; vivió porque él vivía. Sólo vivió *después* de él, muerto, porque estaba sin suficiente razón
ya para percibir que su razón de vivir había desapa-
recido...

»Es evidente que, si la corte en que le tocó a doña
Juana vivir, no hubiese sido la disoluta de Flandes, y
si el príncipe no le hubiese dado motivos de celos hasta

la histeria, exaltando con sus afrentas su amor propio
e hiriendo con sus reiteradas bacanales su amor, pudo
no haber hallado *nunca* forma de expresión en el espíritu de esa princesa la semilla de la locura que dentro
de sí llevaba heredada.

»Por lo tanto, le corresponde a él enteramente, y no
a ella, la responsabilidad de la tragedia íntima que
envenenó sus diez años de convivencia.»

Y Pedro Badanelli: «Juana de Castilla fue una au-
téntica enamorada... Cuando... pudo llegar, por fin, a
Lierre, donde le esperaba su prometido el archiduque
Felipe el Hermoso, no estaba aún loca. Quizá la moderna esquizofrenia podrá ahora señalarla como una
predispuesta...; pero siempre quedará flotando una pregunta, tal vez no muy científica, pero sí muy filosó-
fica: ¿se nace loco o se vuelve uno loco?... Tremendo
interrogante que podría aún completarse diciendo: ¿se
vuelve uno loco o lo vuelven a uno loco?»

Resumen: a doña Juana la volvió loca el donjuanismo
avant le mot de su marido don Felipe el Hermoso.

Tal vez Tamayo no estaba muy seguro de su tesis;
pero su drama es un prodigio de intuición, de adivina-
ción; y son de gran efecto en el espectador —y aún
en el lector— esas transiciones bruscas que a veces
revelan a una doña Juana loca de atar, a veces a una
doña Juana cuerda, digna hija de Isabel la Grande;
ese pasar de la alegría a la rabia o a la tristeza; esa
sucesión de indicios contradictorios que desconciertan
a los servidores más leales.

Obra grande, como interpretación histórica y como
realización artística. Sobre todo es inolvidable aquel
final del tercer acto:

REINA.—¡Loca!... ¡Loca!... ¡Si fuera verdad! ¿Y por
qué no? Los médicos lo aseguran; cuantos me rodean lo
creen... Entonces todo sería obra de mi locura, y no de la

perfidia de un esposo adorado... Eso, eso debe ser. Felipe
me ama; nunca estuve yo en un mesón; yo no he visto
carta ninguna; esa mujer no se llama Aldara, sino Beatriz;
es deuda de don Juan Manuel, no hija de un rey moro de
Granada. ¿Cómo he podido creer tales disparates? Todo,
todo efecto de mi delirio. Dímelo tú, Marliano *(Dirigiéndose a cada uno de los personajes que nombra)*; decídmelo
vosotros, señores; vos, señora; vos, capitán; tú, esposo mío;
¿no es cierto que estoy loca? Cierto es; nadie lo dude. ¡Qué
felicidad, Dios eterno, qué felicidad! Creía que era desgraciada, y no era eso: ¡era que estaba loca!

Cuentan los que pueden contarlo, la ovación que se-
llaba ese final, dicho por Teodora Lamadrid o por María
Guerrero; y, aún entre nosotros, y en nuestros días,
quién no recuerda aquellas tardes del Municipal, en
que María Guerrero segunda, la sobrina, nos obligaba
a echar discretamente mano del pañuelo y todo el teatro se ponía de pie y aplaudía electrizado durante
largo rato.

De *La locura de amor* hay traducción al portugués,
al francés, al inglés, al italiano, al alemán; y Estanislao
Rzewuski agrega: «Este drama desbordante de pasión meridional ha tenido un éxito extraordinario en
todos los países eslavos, donde se le representa todavía
y mucho más frecuentemente que en España. Todas las
actrices rusas han ansiado expresar los celos, la desesperación, el invencible y fatal amor de la reina Juana.»

«*La locura de amor* ——declaraba en 1898 Emilio Faguet— me parece no sólo la obra más fuerte de Tamayo sino una obra dramática maestra, sencillamente...;
algo muy bello, fuerte, cautivante, emocionante y que
da la sensación de grandeza.»

VII. LANCES DE HONOR

Escribía Sarcey en 1898: «De todas estas obras, la que me ha cogido más, por el atrevimiento de la concepción y por lo ordenado del drama, es *Lances de honor*.»

«*Lances de honor*, drama estrenado en el Circo, en 1863, es quizá el alegato más enérgico y elocuente que se ha escrito contra el duelo. En una acción cada vez más cerrada e interesante, se van presentando todos los aspectos y razones en pro y en contra de esta bárbara costumbre, por fortuna hoy desaparecida de la vida civil, y de las consecuencias, siempre malas y muchas veces irreparables, que produce.

»El único defecto, hasta subsanable, de este drama, es dar demasiada extensión a la enseñanza moral y ejemplaridad que de la obra se desprende y expresarla con claridad no muy necesaria...

»En este drama sobresalen los caracteres diseñados con un vigor y una exactitud que causan verdadero asombro; y no sólo los principales, sino aún los secundarios, como el de la muchacha del pueblo que sale a escena sólo para notificar lo funesto del duelo entre los hijos de los dos enemigos; recordar el de su padre muerto de un navajazo, dejándola a ella en triste y desamparada orfandad, y pasar corriendo, llena de espanto, como una figura shakespiriana» (Cotarelo, diciembre de 1929, 30-31).

«Una circunstancia curiosa ofrece este drama: la observancia, que resulta en él naturalísima, de la unidad de tiempo en su rigor más absoluto, pues la acción dura apenas cuatro horas, es decir, el tiempo empleado en representarla» (Oyuela, pág. 156).

VIII.   UN DRAMA NUEVO

«La más completa de cuantas composiciones repre-
sentables produjo el siglo XIX», llama Francos Rodríguez a *Un drama nuevo*.

Por su parte, Cotarelo escribe: «Esfuerzo gigantesco
del ingenio y del talento de Tamayo. Todo en este drama
es digno de encomio; su argumento, tan sencillo como
interesante, y su original encadenamiento con otro casi
igual, pero fingido, en términos de que hay momentos
en que el público, no prevenido, llega a confundirlos,
y va de sorpresa en sorpresa, siempre lleno de emoción,
hasta el desenlace, sangriento y terrible como una tragedia griega. No es la moralidad que, a su modo, no
podía faltar en un drama de Tamayo, deducida sin
artificio y apenas indicada por el noble Shakespeare
al final; ni el estilo varonil y elegante; ni el diálogo,
tan natural y vivo; ni sus frases sentenciosas y felices,
ni los altos pensamientos que la esmaltan, lo que más
avalora y engrandece esta obra admirable: es el duelo
gigantesco, mortal, de pasiones contrapuestas, perfec-
tamente humanas y que parecen incompatibles en una
misma persona. De un lado el amor irresistible, con-
trapesado y en lucha implacable con la gratitud y el
respeto, con el honor y la fidelidad; y del otro, el
cariño casi paternal en pugna con los celos inevitables
y aún inconscientemente provocados; lucha interna en
el corazón de cada individuo, mucho más cruenta que
la explosión de odio que pone en manos de Yorick el
hierro homicida.

»Ésta es la verdadera tragedia con que soñaba Tamayo, más que la *Virginia*, hecho aislado y transitorio,

mientras que la de *Un drama nuevo* es eterna, porque
radica en el humano sentimiento, con harta frecuencia,
por desgracia, mal encarrilado; tragedia siempre nueva
o renovada, desde Tristán e Iseo a Francesca y Paolo
y a Romeo y Julieta» (Cotarelo, 1929).

IX. LOS HOMBRES DE BIEN

La revolución de 1868 —la que en las obras de
Pereda se llama por antífrasis *la gloriosa*— trastornó
extraordinariamente la sociedad española. Como todo
sacudimiento, hizo algún bien; pero, sobre todo, sacó
a la superficie, dice Cotarelo en 1929, «no poca desver-
güenza y buen golpe de personajes que antes habían
estado ocultos y ocultos debieran haber permanecido.
De la noche a la mañana se vieron surgir y colocarse
en primera fila hombres salidos quizá de la casa de
juego, de la cárcel, de cualquier parte, y aupados y apo-
yados por groseras multitudes, elevarse a empleos bien
dotados o que ellos les hacían serlo y deslumbrar a las
gentes con su lujo, sus escándalos y su impunidad, pues
ni las autoridades podían irles a la mano, so pena de
provocar a cada paso graves conflictos de orden público.
»Así es que Tamayo no necesitó desojarse mucho
para encontrar a su Quiroga, tipo de tales individuos.
Pero no era este personaje lo que sublevaba su conciencia, pura y honrada, sino la tolerancia, la indiferencia de la masa neutra de la sociedad, de los lla-
mados *hombres de bien,* que tales cosas toleraban. Contra estos sujetos es contra quienes descarga todo el
peso de su indignación, y elige a uno de ellos para reci-
bir el tremendo castigo en la persona de su hija única,
que le roba y deshonra el malvado Quiroga. La sátira,

como se ve, alcanzaba a mucha gente que quizá no merecía tan agria censura, pues no estaba en su mano
torcer el giro de los sucesos. Por otra parte, el autor del
drama parece que recargó con exceso algunos matices
y circunstancias de los hechos; quizá supuso factores
de aquel producto algo que no lo fuese claramente: quizá extremó las condiciones de debilidad y vileza de
los hombres de bien en ciertas escenas; ello es que la
representación de la obra levantó una verdadera tempestad en gran parte del público, que dio con ella en
tierra. La crítica del día tampoco le fue favorable»
(Cotarelo, 34-35).

Hubo otra circunstancia desfavorable a la obra. También la recuerda Cotarelo en su discurso de 1929: Tamayo había escrito *Los hombres de bien* «a principios
de 1870, para la compañía de su amigo Joaquín Arjona,
que hubo de salir para La Habana a principios de
aquel año. Entonces Tamayo, que no podía aspirar a
que se la representasen Matilde Díez y Manuel Catalina,
que estaban en el Español y nunca había hecho obra
alguna suya, ni en otro de los pocos teatros principales, dedicados entonces a la zarzuela, seria o bufa,
la dio al teatrillo de Lope de Rueda, antes Circo de Paúl,
en que trabajaba una mediana compañía... Se estrenó
el 16 de diciembre de 1870. El público que a este teatro
concurría, no muy afecto a las ideas de Tamayo, era el
mismo que meses antes había injustamente gritado y
pateado *La Carmañola,* de don Ramón Nocedal; así es
que recibió la nueva obra con manifiesta hostilidad,
quizá porque le dolía lo amargo de la censura» (páginas 33-34).

X. RETIRO

«No conozco vocación más elevada y grave que la que tiene por objeto regocijar a los hombres», escribió un día Tamayo. Pero, en su segundo período, desde *Lo positivo* hasta *Los hombres de bien*, o sea de 1862 a 1870, parece haber olvidado que, en general, la prédica teatral está bien sólo cuando se hace con discreción y de un modo indirecto.

Otras características de su segundo período: el uso de seudónimos *(El Otro, Fulano de Tal, Juan del Peral, Eduardo Rosales*, y principalmente, *don Joaquín Estébanez)*; y el abandono definitivo del verso por la prosa.

En 1870, la venganza de *los hombres de bien* y los Quiroga, unidos, alejaron para siempre de su afición predilecta al mejor dramaturgo español del siglo xix.

Para explicar ese retiro se han lanzado muchas hipótesis: imposibilidad de luchar con eficacia contra el inmoralismo desencadenado después del 68; dedicación preferente a la Academia; falta de buenos actores; la injusta mala acogida a *Los hombres de bien;* hastío...

Oyuela (pág. 191) nos recuerda una respuesta de Tamayo en 1890: «Deje usted que calle: vivo así más tranquilo. Desde que no escribo me quieren y respetan más: ¡ya no hago sombra a nadie!»

Quién sabe si nos aclare más todavía el problema el saber que, en las noches de estreno de obras suyas, a pesar de todo su dominio de los resortes dramáticos, el dramaturgo no aparecía por el teatro.

ALGUNAS FUENTES CONSULTABLES

ABASCAL, LUIS (Seudónimo de Luis Enrique Osés): *En el cementerio de Tamayo y Baus, el dramaturgo olvidado y desconocido. Criterio*, Buenos Aires, 24-I-1929.

ALAS, LEOPOLDO (CLARÍN): *Tamayo*, págs. 34-45 de *Solos de Clarín*, Madrid, 4.ª edición, 1891.

ÁLVAREZ QUINTERO, SERAFÍN Y JOAQUÍN: Ver DISCURSOS...

AZORÍN: *Juana la Loca. La Prensa*, Buenos Aires, 5-III-1933.

BADANELLI, PEDRO: *La tragedia psicológica de la reina loca. La Nación*, Buenos Aires, 2-II-1941.

BARRANTES, VICENTE: *Año cómico de 1849*. Revista retrospectiva... III. *El Cinco de Agosto. La Ilustración*, Madrid, 5-III-1849.

BLANCO GARCÍA, FRANCISCO (agustino): *La literatura española en el siglo XIX*. Parte segunda. 3.ª edición, Madrid, 1909. Págs. 159-178.

BUCK, V. H. (y A. VON B. SULTON): Introducción a *Locura de amor*, M. Tamayo y Baus, Nueva York, The Century Co., 1930.

CALVO ASENSIO, G.: *El teatro hispanolusitano en el siglo XIX*. 1875.

CAÑETE, MANUEL: [Sobre *La ricahembra*]. *Revista Española de Ambos Mundos*, Madrid, t. II, págs. 210-29.

— [Sobre *Lances de honor*]. *La España*, sept. de 1863.

COTARELO Y MORI, EMILIO: *Don Manuel Tamayo y Baus*. Necrología. *Revista de Archivos, Bibliotecas y Mu-*

seos, suplemento al número 6.º del año 1898, páginas 289-319.

— *Estudios de historia literaria de España*, Madrid, 1901, págs. 363-403.

— Ver DISCURSOS...

CUETO, LEOPOLDO AUGUSTO DE (Marqués de Valmar): *La leyenda romana de Virginia en la literatura dramática moderna. Virginia*, tragedia en cinco actos, por don Manuel Tamayo y Baus. *Revista Española de Ambos Mundos*, t. I, 365-79, reprod. en *Estudios de historia y de crítica literaria*.

DÍAZ DE ESCOBAR, NARCISO (y FRANCISCO DE P. LASSO DE LA VEGA): *Historia del teatro español*. Barcelona, Montaner y Simón, 1924. Tomo I, págs. 424-26.

DISCURSOS leídos en la Real Academia Española el día 27 de octubre de 1929, para celebrar el centenario del nacimiento de don Manuel Tamayo y Baus. Madrid, Tipografía de Archivos, 1929.

ENCICLOPEDIA UNIVERSAL ILUSTRADA EUROPEO-AMERICANA. Espasa-Calpe, S. A. Bilbao, Madrid, Barcelona. Tomo LIX, 1928. Págs. 205-06.

ESPINA Y CAPO, ANTONIO: *1850 a 1920. Notas del viaje de mi vida. 1851 a 1870*. Madrid, Espasa-Calpe, S. A., 1926. Págs. 294, 447, 452, 454.

FAGUET, ÉMILE: *La semaine dramatique. Journal des Débats*. París, 27-VI-1898.

FERNÁNDEZ BREMÓN, JOSÉ: [Sobre *Un drama nuevo*]. *La España*, 28-III-1867.

FERNÁNDEZ FLÓREZ, ISIDORO: *Tamayo*. Estudio biográfico. Madrid, *La España Moderna*, 1891.
Extracto en el *Diccionario enciclopédico hispano-americano*, Montaner y Simón, Barcelona, *sub voce*.

FERNÁNDEZ GUERRA Y ORBE, AURELIANO: [Discurso de bienvenida a Tamayo en la Academia, 1858].

FERNÁNDEZ GUERRA Y ORBE, LUIS: [Sobre *La rica-hembra*]. *Semanario pintoresco español*, 23-IV-1854.

FITZ-GERALD, J. D. (y T. H. GUILD): Introducción a *A New Drama (Un drama nuevo)*. Nueva York, 1915.

— (y J. M. HILL): Introducción a *Un drama nuevo*. Boston, B. H. Sanborn and Co., 1924, XXXIX + 257 páginas.

— «Un drama nuevo» in the American Stage. *Hispania*, 1924, VII, 171-76.

GARCÍA, FÉLIX (agustino): *Páginas de centenario: Tamayo y Baus. Religión y Cultura*, Escorial-Madrid, noviembre de 1929, págs. 161-75.

GÓMEZ DE BAQUERO, EDUARDO (ANDRENIO): *Un drama desconocido de Tamayo.* Suplemento literario de *El Mercurio*, Santiago, 23-III-1919.

HUBBARD, GUSTAVE: *Histoire de la Littérature contemporaine en Espagne.* París, págs. 228-34.

LEVILLIER, ROBERTO: *La tragedia íntima de Juana la Loca y de Felipe el Hermoso. La Nación.* Buenos Aires, 20-X-1935.

LUSARRETA, PILAR DE: *Vida, pasión y locura de doña Juana. La Nación*, Buenos Aires, 28-VIII-1932.

MASRIERA, ARTURO: *Lances de honor*, de M. Tamayo y Baus. Barcelona, 1926.

MILÁ Y FONTANALS, MANUEL: [Sobre *Centellas y Moncada*]. *La Patria*, Madrid, 21-VI-1850.

NOCEDAL, CÁNDIDO: [Sobre *La ricahembra*]. *El Heraldo*, 28-IV-1854.

NOCEDAL, RAMÓN: [Sobre *Los hombres de bien*]. *La Ciudad de Dios*, Madrid, año II, t. V, 1867.

NOMBELA, JULIO: [Sobre *Un drama nuevo*]. *La Época*, 13 y 27-V-1867.

OCHOA, EUGENIO DE: [Sobre *Virginia*]. *La España*, 18-XII-1853.

OYUELA, CALIXTO: *Estudios literarios*, Academia Argentina de Letras, Buenos Aires, 1943, t. II, arts. *Manuel Tamayo y Baus*, 97-198, y *Representaciones del Odeón*, 412-16.

PFANDL, LUDWIG: *Juana la Loca*. Espasa-Calpe Argentina, Colección Austral, Buenos Aires, 1937. Traducción de Felipe Villaverde.

PIDAL Y MON, ALEJANDRO: [Sobre *un drama nuevo*]. *La Cruzada*, Madrid, 5-V-1867.

— Discurso en la Academia Española, 12-III-1899.

— Prólogo a las *Obras de don Manuel Tamayo y Baus*. Madrid, 1898-1900. Va en el t. I.

REVILLA, MANUEL DE LA: *Obras*. Madrid, 1883. Páginas 71-76: *Don Manuel Tamayo y Baus*.

RODRÍGUEZ VILLA, ANTONIO: *La reina doña Juana la Loca*. Madrid, 1892.

— Discurso leído ante la Real Academia de la Historia en la recepción de D..., el 29 de octubre de 1893.

RZEWUSKI, STANISLAS: [Sobre Tamayo]. *La Liberté*, París, 8-VII-1898.

SANDOVAL, MANUEL DE: Ver DISCURSOS...

SARCEY, FRANCIS: [Sobre Tamayo]. *Le temps*, París, 27-VI-1898.

SICARS Y SALVADÓ, NARCISO: *Don Manuel Tamayo y Baus. Estudio criticobiográfico*. Barcelona, 1906. 426 páginas.

STURGIS, CONY (y JUANITA C. ROBINSON): Introducción a *Una apuesta* y *Huyendo del perejil*, Nueva York, Macmillan, 1930.

TAMAYO Y BAUS, MANUEL: Carta a don Manuel Cañete, 8-IX-1853. Obras, II, 9-27.

TANNENBERG, BORIS DE: *Manuel Tamayo y Baus*, página 184 de *L'Espagne littéraire*. Portraits d'hier et d'au jourd'hui. Première série. París-Toulouse, 1903.

VALERA, JUAN: *La bola de nieve,* en *Obras completas,* tomo XIX: Crítica literaria (1854-1856). Madrid, 1908.

VARONE DEL CURTO, MARÍA LYDIA: *El humanismo de don Manuel Tamayo y Baus,* Buenos Aires, 1940, 76 págs.

LA LOCURA DE AMOR

DRAMA EN CINCO ACTOS

Más ha de veintitrés años que te dediqué esta obra, escasa de mérito como todas las mías, pero no escasa de ventura. Traducida está al portugués, al francés, al italiano y al alemán, y aún sigue representándose con aplauso en los teatros españoles.

Encomié, al dedicártela, tus virtudes; de entonces acá no has vivido sino para seguir dando testimonio de bondad sin límites, de sobrenatural fortaleza, de santa abnegación. Te dije entonces que nunca te faltarían mi amor y mi respeto; no te engañé.

Amalia, esposa mía, angelical enfermera de mis padres y de los hijos de mis hermanos: quiera Dios que puedas hacer por mí lo que te vi hacer por otros; quiera Dios que yo logre la dicha de morir en tus brazos.

MANUEL.

REPARTO

en el estreno de la obra, representada en el teatro del Príncipe, el 12 de enero de 1855, a beneficio de doña Teodora Lamadrid

PERSONAJES	ACTORES
LA REINA DOÑA JUANA.....	Doña Teodora Lamadrid
ALDARA	» María Rodríguez
DOÑA ELVIRA.............	» Joaquina García
EL REY DON FELIPE........	Don Joaquín Arjona
EL CAPITÁN DON ÁLVAR....	» Victorino Tamayo y
EL ALMIRANTE DE CASTILLA	» José Ortiz [Baus
LUDOVICO MARLIANO.......	» José García
DON JUAN MANUEL........	» Vicente Jordán
EL MARQUÉS DE VILLENA...	» José Alisedo
DON FILIBERTO DE VERE....	» Atanasio Maré
GARCI-PÉREZ, mesonero....	» Fernando Osorio
HERNÁN	Doña Antonia Segura
UN PAJE.................	Don Mariano Serrano
UN CAPITÁN..............	» N. N.
UNA MOZA DEL MESÓN......	Doña Juana Ridaura
DAMA 1.ª................	» Elisa Molina
ÍDEM 2.ª................	» Paulina Sotomayor
NOBLE 1.º...............	Don Emilio Álvarez
ÍDEM 2.º................	» Felipe Iglesias
TRAJINANTE 1.º..........	» Fernando Cuello
ÍDEM 2.º................	» José Bullón
ÍDEM 3.º................	» Luis Cubas

Damas, grandes, prelados, médicos, pajes, soldados castellanos, soldados flamencos, embozados y trajineros.

La acción del primer acto, en Tudela de Duero; la del segundo, en un mesón poco distante de Tudela; la de los tres restantes, en el palacio del Condestable, en Burgos. — 1506

ACTO PRIMERO

Sala en el palacio de Tudela de Duero. A la izquierda, una ventana en primer término; puertas a entrambos lados y en el foro. Mesa y muebles propios de la época

ESCENA I

El Almirante y Don Juan Manuel

ALMIRANTE.—Dígoos, don Juan Manuel, que vanamente os empeñáis en convencerme de que la reina doña Juana está loca.

DON JUAN MANUEL.—¡Invencible obstinación la vuestra, almirante! ¿Había de querer su alteza privarse de tan bella y tan amante esposa como doña Juana si no fuera su demencia cosa de todo punto segura? La manía de ponerse diariamente un mismo traje, hasta que, deslucido y roto, por fuerza se le quitan sus damas; el no probar vianda alguna durante días enteros; el gustar de que cuando llueve le caiga el agua encima; el escaparse de palacio para celar a don Felipe; sus lágrimas intempestivas, sus infundados arrebatos de cólera, sus continuas extravagancias, todo esto, en fin, ¿no basta a probar la deplorable perturbación de sus sentidos?

ALMIRANTE.—Prueba todo eso que cuando se padece mucho se piensa poco; prueba que don Felipe de Austria no es más digno de sentarse en el trono de la reina doña Juana que de ocupar el tálamo de mujer semejante

DON JUAN MANUEL.—Agriamente le censuráis.

ALMIRANTE.—Don Felipe, como hombre aficionado a deshonestos amoríos, quiere librarse de una esposa que le cela; como rey ambicioso, de la que es reina propietaria de Castilla —no finjáis ignorarlo—; y en Dios y en mi alma, que antes se me ha de acabar la vida que la voluntad de cumplir con lo que juzgo deber sagrado de todo el que tenga en las venas sangre castellana.

DON JUAN MANUEL.—Vuestra terquedad y la de cuantos opinan como vos, serán causa de que la dolencia de doña Juana, que en la reclusión pudiera hallar remedio, se haga al fin incurable. Bien se nota que obráis por instigaciones del duque de Alba, que aún se promete ver de nuevo al rey don Fernando en el trono de su hija.

ALMIRANTE.—Por lo que mi conciencia me dicta, obro como veis, que no por ajenas instigaciones. Con razón aseguráis que el trono español pertenece a doña Juana, hija y sucesora de su madre Isabel. Procuraré evitar que traidoramente se le arrebate para que entero le ocupe su esposo el archiduque de Austria. Hartos desafueros cometen ya sus amados compatriotas, a cuya codicia es vivo aguijón la buena ley del oro de nuestra tierra.

DON JUAN MANUEL.—Conque ¿debo responder a su alteza?...

ALMIRANTE.—Respondedle que desconfíe de mí si otra vez atenta a la libertad de nuestra legítima y natural señora.

DON JUAN MANUEL.—Guárdeos el cielo.

ALMIRANTE.—Él os acompañe.

DON JUAN MANUEL.—(Tiempo perdido.)

ALMIRANTE.—(Trabajo inútil, don Juan Manuel.)

ESCENA II

El ALMIRANTE, *un* PAJE, *y después* DON ÁLVAR

PAJE.—Un caballero que dice ser el capitán don Álvar de Estúñiga, desea ver al señor almirante.

ALMIRANTE.—¡Aquí don Álvar! Que venga al momento. *(Vase el paje.)* Dichoso hallazgo, por vida mía. Llegad acá, mi ilustre deudo, mi fiel amigo, llegad. *(Viendo aparecer a don Álvar en la puerta del foro.)*

DON ÁLVAR.—Pensé tener que asaltar el palacio como fortaleza enemiga.

ALMIRANTE.—¿Y qué? ¿No queréis alargarme la mano?

DON ÁLVAR.—A fe que la mano me parece poco, y que no me contento con nada menos que los brazos.

ALMIRANTE.—Vuestros son ahora como siempre.

DON ÁLVAR.—Años ha que nos separó la fortuna.

ALMIRANTE.—Decidme cómo es que en Tudela de Duero os hallo; qué tal os ha ido por Italia. Contadas al amigo después de la ausencia, se endulzan las penas y se aumentan las alegrías.

DON ÁLVAR.—Antes sepa yo de vos la verdad de lo que por Castilla se suena.

ALMIRANTE.—La verdad es que los flamencos se reparten pacíficamente los oficios públicos y con todo negocian; que el hambre aflige al reino en tan gran manera, que las más fértiles provincias tienen que surtirse de trigo extranjero; que el rey don Felipe exige del pueblo, en tales circunstancias, un servicio oneroso; y quiere encerrar a doña Juana, suponiendo que está demente, con el fin de quedarse solo en el trono y dar rienda suelta a sus tiránicos desmanes y licenciosos extravíos.

DON ÁLVAR.—*(Con grande alegría.)* ¿Conque no hay tal locura?

ALMIRANTE.—Sólo hay, hasta ahora, un desacordado amor, que tal parece.

DON ÁLVAR.—¿Tanto ama a su marido?

ALMIRANTE.—No es posible encarecerlo.

DON ÁLVAR.—¿Y él la desdeña, la atormenta, la ultraja?

ALMIRANTE.—A toda hora sin piedad. Quiso dejarla en Mucientes y partir solo a Valladolid. Ahora que a Burgos nos dirigíamos, ha hecho alto en este pueblo para ver si logra dejarla aquí y continuar solo el viaje. En Burgos intentará de nuevo apartarla de su lado.

DON ÁLVAR.—¿Y no hay medio de poner coto a los abusos y tropelías de ese archiduque de Austria, que Dios confunda?

ALMIRANTE.—Casi todos los grandes le patrocinan.

DON ÁLVAR.—El pueblo le aborrece y adora a la hija de la católica Isabel.

ALMIRANTE.—Doña Juana sería la primera en contrarrestar cualquier tentativa que en su pro y en contra de su marido se hiciese. Pero ¡qué diablos!, ya trataremos de estas cosas. Habladme ahora de vos.

DON ÁLVAR.—Mi historia es sucinta. Que fui a Italia; que maté franceses siguiendo las banderas del Gran Capitán; que ha poco tiempo di la vuelta a Castilla, por cierto con bien mala ventura.

ALMIRANTE.—Pues ¿qué os sucedió?

DON ÁLVAR.—Abriéronse con la fatiga del camino dos de mis más recientes heridas, y en un mesón, a corta distancia de este pueblo, me encontré sin poder seguir adelante. Hoy por vez primera salgo de mi fementido lecho.

ALMIRANTE.—¿Restablecido completamente?

DON ÁLVAR.—Casi, casi.

ALMIRANTE.—¿Por obra de la naturaleza?

DON ÁLVAR.—Gracias a los desvelos de una mujer.

ALMIRANTE.—¡Hola, hola!... Dama tenemos de por medio.

DON ÁLVAR.—Dama que me siguió a Italia; que a Castilla me ha seguido, y que en el tal mesón se me apareció un día convertida en sobrina del mesonero.

ALMIRANTE.—Emprendedora debe de ser.

DON ÁLVAR.—Su natural fogoso y arrebatado disculpa sus acciones; su peregrina condición las autoriza.

ALMIRANTE.—Pues, ¿quién es ella?

DON ÁLVAR.—Es nada menos que la hija de un rey.

ALMIRANTE.—¿Os burláis?

DON ÁLVAR.—No, por mi vida. El rey Zagal fue su padre.

ALMIRANTE.—¡Una mora, una hija del desdichado rey de Granada!

DON ÁLVAR.—Fuera yo más venturoso si nunca la hubiese conocido.

ALMIRANTE.—¿Por qué razón?

DON ÁLVAR.—Quiéreme, salvó con imponderable solicitud mi existencia, y yo en breve causaré su desgracia rompiendo la cadena con que me tiene preso, y que no puedo ya soportar.

ALMIRANTE.—¿Es bonita?

DON ÁLVAR.—No cabe serlo más.

ALMIRANTE.—Y entonces, ¿en qué se funda vuestro desamor?

DON ÁLVAR.—No acierto a deciros otra cosa sino que a una sola mujer he podido amar en toda mi vida; a una a quien sólo raras veces he visto, y de quien estuve mucho tiempo alejado; a una que ni sabe ni sabrá jamás los sentimientos que me inspira.

ALMIRANTE.—¿Y de veras creéis estar enamorado de esa dama?

DON ÁLVAR.—Ignoro si es amor el que vive de sí propio, solitario dentro del alma, y no se alimenta de temor, ni de esperanza, ni deseo. Amo un recuerdo, una ilusión, una sombra; amo a un ser ideal que a todas partes me sigue, animando en la pelea mi brazo, purificando mi corazón en la paz; ser que vivirá siempre a mi lado, y recogerá piadoso mi último suspiro. No: no es éste el amor que una mujer nos inspira; es la adoración que en silencio tributamos a nuestra santa predilecta. ¿Os sorprende oír tales palabras de boca de un guerrero, propio solamente para gozarse en el tumulto y los estragos del campo de batalla? Pues ved que os digo la verdad.

ALMIRANTE.—Hombre más extraño que vos no le hay en la tierra.

ESCENA III

DICHOS y MARLIANO

MARLIANO.—Deseaba veros, señor Almirante.

DON ÁLVAR.—Os dejo, pero no antes de suplicaros que solicitéis para mí una audiencia de su alteza, mi señora.

ALMIRANTE.—Dadla por conseguida.

DON ÁLVAR.—Regresaré a palacio dentro de una hora. (Da la mano al Almirante y se retira.) (¡Al fin voy a volver a verla!) (Vase por el foro.)

MARLIANO.—Acabo de hablar con la reina: inútilmente he procurado decidirla a permanecer aquí y dejar que el rey parta sin ella a Burgos. Tratad, como yo, de convencerla.

ALMIRANTE.—Marliano, ¿vos también habéis cedido a las amenazas o a las dádivas del rey?

MARLIANO.—Aspiro, no a complacer al monarca, sino a salvar a mi noble enferma. Al lado del rey tiene a cada instante nuevos motivos de angustia y desesperación; quizá la soledad fuese alivio a sus padecimientos.

ALMIRANTE.—¿Y queréis que, en tanto que aquí permanece doña Juana, el rey en Burgos le usurpe su corona?

MARLIANO.—Es natural: vos habláis como hombre de Estado: yo como médico; vos pensáis en la reina: yo en la mujer que padece.

ESCENA IV

DICHOS, *la* REINA *y* DOÑA ELVIRA

REINA.—¿Aún no ha vuelto?

MARLIANO.—Aún no, señora. Perdonadme si de nuevo os repito que el estado de vuestra salud...

REINA.—Mi salud. ¿Por qué yo no he de poder ir a Burgos? ¿Qué enfermedad es esa de que todo el mundo me habla y cuyo nombre ignoro? ¿A qué empeñarse en buscar en el cuerpo lo que está en el corazón? ¿En qué puede parecerse el quejido del enfermo al ay del desdichado? Mira, mira, guarda tus consejos y medicinas para quien los necesite. Lo que a mí me hace falta no has de dármelo tú.

DOÑA ELVIRA.—Tranquilizaos, señora.

REINA.—Pero ¿no oyes que este insensato quiere curarme separándome de él?

MARLIANO.—No insisto; vuestro bien únicamente ambiciono.

REINA.—Lo conozco, Marliano; y espero que, en cuanto vuelva el rey, le dirás que estoy buena, muy buena, y que mañana mismo podemos continuar el viaje. *(Reparando en el Almirante.)* ¡Oh! ¿Vos aquí?

ALMIRANTE.—Tengo que pedir una merced a vuestra alteza.

REINA.—¿Cuál?

ALMIRANTE.—Un antiguo y leal servidor desea volver a ver a su reina.

REINA.—¿Quién es?

ALMIRANTE.—El capitán don Álvar de Estúñiga.

REINA.—Me acuerdo de él. ¿Dónde ha estado?

ALMIRANTE.—En Italia.

REINA.—Mi padre le estimaba mucho. Decidle que venga... Pero el rey que no vuelve aún. ¡Hasta cuándo va a durar esta maldita caza! Id, señores, id a ver si recibís alguna noticia. *(Vanse el Almirante y Marliano por la puerta del foro.)*

ESCENA V

La REINA *y* DOÑA ELVIRA

REINA.—*(Asomándose a la ventana.)* Mira. ¿No distingues nada a lo lejos?

DOÑA ELVIRA.—Nada, señora.

REINA.—Hoy tarda más que de costumbre. ¿Le habrá sucedido algo?

DOÑA ELVIRA.—¡Infundada zozobra!

REINA.—Cinco horas ha que se fue.

DOÑA ELVIRA.—No ignoráis que el rey es muy aficionado a la caza.

REINA.—¡La caza! ¿Crees tú que el rey estará cazando?

Doña Elvira.—Sin duda.

Reina.—Puede ser. ¡Ojalá! No veo el instante de salir de Tudela.

Doña Elvira.—¿Por qué motivo?

Reina.—¡Ay, Elvira! Felipe me engaña; Felipe se ha enamorado aquí de alguna.

Doña Elvira.—¡De alguna!

Reina.—Sí: no sé de quién; pero siento en mi corazón que ama a otra, y tal es, sin duda, la causa de nuestra detención en este pueblo.

Doña Elvira.—No parece sino que tenéis gusto en atormentaros.

Reina.—¿A qué, para hacerme desconfiar de ti como de todos cuantos me cercan, tratas también de engañarme? Que el rey muchas veces fue traidor conmigo, no lo ignoras. Hoy... Nada había querido decirte temiendo que, como en otras ocasiones, me reprendieses. Ya se ve: tú que no tienes celos, no puedes comprender ciertas cosas. Pero ¿te parece justo que, habiéndome en ti deparado el cielo una amiga, ni aun el consuelo de ser participadas logren mis amarguras? ¿De qué me sirve entonces el amor que me tienes? Vamos, ofréceme no reñirme y te contaré lo que recientemente he sabido.

Doña Elvira.—Hablad, señora: desahóguese el vuestro en este corazón, que entero os pertenece.

Reina.—Gracias, mi leal, mi cariñosa compañera. Pues bien, noté que todas las tardes... ¡Ah! *(Corriendo a la ventana.)* ¿Oíste? *(Volviendo al proscenio.)* No, nada, todavía no viene.

Doña Elvira.—Continuad.

Reina.—Noté que todas las tardes salía el rey de palacio, y transcurrían por lo menos dos horas antes de que volviese. Ayer hice que mi buen paje Hernán siguiera sus pasos.

DOÑA ELVIRA.—¿Conque jamás se corregirá vuestra alteza?

REINA.—Has ofrecido no reñirme. El rey fue ayer tarde... ¿Adónde dirás? No es posible que lo presumas. Fue al mesón del Toledano, uno que hay en los alrededores de este pueblo.

DOÑA ELVIRA.—¿A un mesón don Felipe?

REINA.—¿Y a qué puede ir él a un mesón? Supiéralo ya si Hernán no se hubiese quedado a la puerta; pero el necio paje temió que el rey le viera y le conociese. ¡Sí, Elvira; por alguna mujer va a semejante sitio! Sólo esta conjetura me parece acertada.

DOÑA ELVIRA.—Ninguna puede serlo menos.

REINA.—¡Ojalá que me engañe; ojalá, Elvira, ojalá! A bien que pronto saldremos de dudas. Hoy Hernán penetrará en la posada.

DOÑA ELVIRA.—¡Cómo! ¿Tratáis de que también hoy siga a su alteza?

REINA.—Si fuese lo que me imagino... De pensarlo nada más, parece que se me acaba la vida.

DOÑA ELVIRA.—Considerad, señora, que en tal paraje no puede haber más que villanas.

REINA.—Y qué, ¿las villanas no son mujeres como nosotras? Si mi esposo fuera villano, ¿piensas que yo no le amaría?

DOÑA ELVIRA.—Debo evitar que cometáis tales imprudencias.

REINA.—¿Sabes que quien no nos conociese te tomaría por la señora? Que yo lo soy recuerda.

DOÑA ELVIRA.—Perdóneme vuestra alteza si mi celo le enfada.

REINA.—¿A qué me obligas a decirte estas cosas? Vamos, perdóname tú.

DOÑA ELVIRA.—¡Oh, no me avergoncéis!

REINA.—En esta ansiedad no podría vivir. Si me equivoco, ¿qué mayor ventura que un desengaño? Si no me equivoco, si Felipe ama a otra, ya ves que no es justo que yo siga adorándole. Muchas veces le perdoné; ya no le perdonaría. Segura estoy de aborrecerle si es cierto que me engaña. La duda basta para hacérmele odioso. *(Corriendo otra vez a la ventana.)* ¡Oh! ¡Ahora sí que es él! Ya ha vuelto, Elvira mía, ya ha vuelto. Mira, voy a recibirle. ¡Felipe de mi alma! *(Sale precipitadamente por la puerta del foro.)*

ESCENA VI

DOÑA ELVIRA.—¿Tendrá razón? ¿La ofenderá el rey con algún otro vergonzoso amorío? ¿Se habrá prendado de una aldeana? De todo es capaz. ¡Desdichada señora! Ya con él se acerca llena de júbilo. *(Éntrase en el cuarto de la derecha.)*

ESCENA VII

El REY *y la* REINA

REY.—Lo que te he dicho nada más: me empeñé en dar alcance a un venado cuyo rastro habíamos perdido tres veces.

REINA.—Bien hiciste; no importaba que yo esperase.

REY.—¡Qué infundadas reconvenciones!

REINA.—Pero supongo que ya hoy no me volverás a dejar.

REY.—A pesar mío tendré que abandonarte muy luego.

REINA.—¡Otra vez! ¡Ya! Para ir al mesón.

REY.—¿Cómo? ¿Qué dices?

Reina.—No, no hay insensatez que iguale a la mía. ¡Qué bien me vendí!

Rey.—Explicaos, señora.

Reina.—¿Te parece que aún no me he explicado bastante? ¿Qué te lleva a ese bienaventurado mesón?

Rey.—(Lo ignora.)

Reina.—Habla, responde; tómate siquiera el trabajo de engañarme.

Rey.—Imposible es que vivamos pacíficamente. A pesar del dictamen de todos tus médicos y de los repetidos consejos de tus más fieles servidores, había determinado que juntos partiésemos a Burgos mañana mismo...

Reina.—¿De veras? ¿Eso habíais determinado?

Rey.—Pero otra cosa es la que a entrambos nos conviene: permanecerás en Tudela; partiré solo.

Reina.—No, Felipe, no; partiremos juntos.

Rey.—Insistes en vano.

Reina.—No me atormentes. Dime el motivo de tus visitas a la posada; dímelo, y te creo.

Rey.—Por no entristecerte lo he ocultado hasta ahora. ¡Buen pago recibo!

Reina.—¿Acabarás de mortificarme?

Rey.—Un negocio de Estado es lo que me conduce allí.

Reina.—¿Un negocio de Estado?

Rey.—Sí, señora, sí.

Reina.—Bien; te creo: habla.

Rey.—Trato de ganarme la voluntad de uno de los más fervorosos amigos de tu padre.

Reina.—¿Del duque de Alba?

Rey.—Justamente. Era su intención promover alborotos para arrebatarnos la corona y devolvérsela al rey don Fernando. Por fortuna ya ha empezado a darse a partido; pero, temiendo que si aquí nos ven conferen-

ciar se trasluzca la concordia y llegue a noticia del rey,
exige que nuestras entrevistas se verifiquen secretamente donde menos pueda nadie imaginarse.

REINA.—(¿Será cierto lo que me cuenta?)

REY.—¿Estás ya convencida de tu injusticia?

REINA.—Sí, de todo lo que quieras. ¿Partiremos juntos mañana?

REY.—¿Quién, ingrata, más que yo lo desea? Confía en tu esposo; no le ofendas dudando de su cariño.

REINA.—¿Sabes, Felipe, que ya están agotadas mis
fuerzas, y me moriré de dolor si hoy creyese y tuviera
que volver a dudar mañana? ¿Sabes que mi amor ha
sido más poderoso que el tiempo y tus desdenes? Te
amé cuando te vi; más cuando me llamé esposa tuya;
más cuando fui madre de tus hijos. Existe el que me dio
el ser, existen las prendas de mis entrañas, hay un
Dios en el cielo que a todos nos redimió con su sangre.
Pues bien, óyelo y duélete de esta infeliz: en mí tienen
celos de la esposa, la hija, la madre, la cristiana. Sí,
lo conozco, es un crimen: ofendo a la naturaleza y a
Dios: por eso el cielo me castiga; pero ¡ay de mí! que
no lo puedo remediar.

REY.—Hasta el fondo de mi pecho penetran tus her-
mosas palabras. Ellas me animan a suplicarte de nuevo
que en Burgos, como en Valladolid, permitas que yo
solo gobierne los Estados que poseemos juntos.

REINA.—Soy reina; ciño la corona de mi madre Isabel; mas no ignoras cuánto desdeño yo esas grandezas,
que, comparadas con el sentimiento que llena todo mi
corazón, me parecen mezquinas. Dame, en vez de esplen-
dente diadema de oro, una corona de flores tejida por
tu mano; en vez de regio alcázar, en donde siempre hay
turbas que nos separan, pobre choza en donde sólo nosotros y nuestros hijos quepamos; en vez de dilatados
imperios, un campo con algunos frutos, y una sepultura

que pueda contener abrazados nuestros cuerpos; tu
amor en vez del poder y la gloria, y creería yo entonces
que pasaba del purgatorio al paraíso.

REY.—¡Juana idolatrada!

REINA.—Oye: muchas veces se presenta a mis ojos
la veneranda sombra de mi madre Isabel, señalándome
un mundo con la una mano, y con la otra mano otro
mundo; y veo que ambos se abrazan y que aquél ofrece
a su hermano los tesoros de sus entrañas virginales, y
que éste le envía en recompensa el nombre de Dios
flotando sobre las aguas. Y oigo que la voz de la reina
Isabel me dice: piensa en tus sagrados deberes, y yo
pienso en ti; ama a tu pueblo, y yo a ti te adoro; con-
serva mi herencia, débate España nuevas glorias y di-
chas; y mi corazón sólo responde, *amo* en cada uno de
sus latidos, y quiero llorar como reina arrepentida, y
lloro como mujer enamorada. ¿Qué más? Si hoy bajara
un ángel del cielo y me dijese: en mi mano está remediar tu desgracia deshaciendo lo hecho y volviéndote a
la edad feliz en que aún no eras esposa, yo, sin vacilar
un punto, le respondería: no, no, y mil veces no; quiero ser esposa de Felipe; quiero amarle, aun cuando él
haya de aborrecerme; quiero penar por él y morir llamándole mío.

REY.—Serénate y enjuga esas preciosas lágrimas.

REINA.—Ahora son de felicidad.

REY.—Ojalá entonces que siempre las vea yo en tu
rostro. Don Juan Manuel me aguarda. Volveré para
decirte adiós.

REINA.—Vuelve, Felipe, vuelve.

REY.—Se acabaron para siempre los celos, ¿verdad?

REINA.—Te lo prometo; para siempre.

REY.—(A fe que voy avergonzado.) *(Éntrase por la
puerta de la izquierda.)*

ESCENA VIII

La REINA, *a poco* DOÑA ELVIRA, *un* PAJE *luego, después*
DON ÁLVAR

REINA.—Harto lo conozco; siempre nos ponemos en
lo peor. Gracias, Dios santo, gracias.

DOÑA ELVIRA.—¿Ya os encuentro sola?

REINA.—Sí, Elvira.

DOÑA ELVIRA.—Y alegre, a lo que noto.

REINA.—Me equivocaba, mis celos eran infundados.

DOÑA ELVIRA.—Ahora debiera yo enojarme con vuestra alteza.

REINA.—Terminó ya lo que a ti te enojaba: he ofrecido no volver a estar celosa.

DOÑA ELVIRA.—No saldría yo por fiadora de vuestra promesa.

REINA.—Ríete; ya verás si la cumplo.

DOÑA ELVIRA.—Aguarda ese don Álvar, a quien habéis concedido una audiencia.

REINA.—Pues que venga, que venga al instante.
*(Doña Elvira se asoma al cuarto de la derecha, hace una
seña y preséntase Hernán, el cual, después de oír algunas palabras que aquélla en voz baja le dice, vase por la
puerta del foro.)*

DOÑA ELVIRA.—Hernán va a darle aviso.

REINA.—¡Si vieras qué mozo tan bizarro era cuando
yo le conocí! Querrá pedirme alguna gracia: debo pro-
tegerle. ¡Hoy, más que otros días, siento tan grandes
deseos de hacer bien! Cuando uno es feliz, ¡cómo desea
la felicidad de todos!

DON ÁLVAR.—Si vuestra alteza me otorga su venia... *(Presentándose en la puerta del foro. A una se-*

ñal de la reina entra y permanece a respetuosa distan-
cia. La reina se sienta.)

REINA.—Mucho celebro que hayáis venido, capitán.

DON ÁLVAR.—(¿Qué pasa por mí?)

REINA.—Sé que habéis estado en Italia.

DON ÁLVAR.—*(Reponiéndose.)* Sí, señora; en Italia
he guerreado contra los enemigos del nombre español.

REINA.—Gonzalo de Córdoba es el mejor capitán del
mundo.

DON ÁLVAR.—¿Qué no diera él por oír tal encomio de
boca de vuestra alteza?

REINA.—¿Se acuerda de mí?

DON ÁLVAR.—¿Cómo podríamos haber olvidado a la
hija queridísima de nuestra señora la reina Isabel?

REINA.—¿Verdad que me quería entrañablemente?
¿Recordáis con qué angelical donosura me llamaba señora suegra por la extraña semejanza que con mi abuela
paterna tenía yo, al decir de cuantos la habían conocido?

DON ÁLVAR.—No pronunció palabra delante de mí
aquella bendita mujer, que para siempre no esté fija
en mi memoria.

REINA.—Mucho sentiríais su muerte, capitán.

DON ÁLVAR.—No hubo en Italia soldado que no la
llorase.

REINA.—Juzgad si yo la lloraría; yo que, ausente
en apartadas tierras, ni siquiera tuve el consuelo de
verla morir. Tengo, sí, el único que puede endulzar la
amargura de un huérfano: el consuelo de saber que la
madre que pierde se va derecha a la gloria.

DON ÁLVAR.—(¿Cómo no amarla?)

REINA.—El valor y la lealtad con que a mis padres
habéis servido, reclaman premio. Pedidme alguna merced, don Álvar.

DON ÁLVAR.—Consagrarme al servicio de vuestra alteza sería para mí gran ventura.

REINA.—Mañana partimos a Burgos, y nos alojaremos en el palacio del Condestable. No dejaréis de vernos allí. ¿Conocéis al rey?

DON ÁLVAR.—No, señora.

REINA.—¿Cómo no, habitando en Tudela?

DON ÁLVAR.—Habito fuera de poblado, en un mesón donde ha no pocos días me obligó a detenerme una grave dolencia.

REINA.—*(Levantándose.)* ¿En un mesón decís? ¿En el del Toledano quizá?

DON ÁLVAR.—En ese mismo.

REINA.—Habréis visto en él a dos caballeros que le visitan diariamente.

DON ÁLVAR.—A nadie he visto, porque hasta hoy no he podido salir de mi aposento; pero sí sé que un caballero flamenco frecuenta la posada.

REINA.—Un caballero flamenco que tiene allí entrevistas con un caballero español.

DON ÁLVAR.—No, señora: allí no va ningún caballero español.

REINA.—Y entonces..., entonces el otro ¿a qué va?

DOÑA ELVIRA.—*(Bajo a la reina.)* (¡Y habíais prometido no volver a tener celos!)

REINA.—*(Procurando disimular.)* (Calla.) Sepamos, ¿qué busca por allí?

DON ÁLVAR.—*(Sin saber qué debe contestar.)* ¿Qué busca?

REINA.—(No acierta a responderme.)

DON ÁLVAR.—Nada... Nada que importe a vuestra alteza.

REINA.—Decidme la verdad, don Álvar; también las reinas somos curiosas.

DON ÁLVAR.—*(Titubeando.)* Aseguro a vuestra alteza que no sé de fijo...

REINA.—*(Sin poder reprimirse.)* Mentís, capitán.

DON ÁLVAR.—¡Oh! (¡Qué arrebato!)

REINA.—En el tal mesón hay una beldad campesina, y ese caballero flamenco se ha prendado de ella.

DON ÁLVAR.—En vano será que yo niegue lo que vuestra alteza no ignora. Perdonad: no creí que estuvieseis tan bien informada.

REINA.—(¡Madre de Dios! ¡Mentía! ¡Mentía!)

DOÑA ELVIRA.—*(Bajo a la reina.)* (Ved que os observan.)

REINA.—¿Con que estaba bien informada? ¿Un amorío es lo que le lleva al mesón?

DON ÁLVAR.—Un mero galanteo, que terminará muy en breve.

REINA.—¿Sabéis, capitán, que si no me hubieseis dicho verdad correría grave riesgo vuestra cabeza?

DON ÁLVAR.—¡Señora!

REINA.—Olvidad estas palabras y retiraos.

DON ÁLVAR.—(¿Qué significa esto? ¿Será verdad que está loca?) *(Saluda, y vase por la puerta del foro.)*

ESCENA IX

La REINA y DOÑA ELVIRA

REINA.—*(Dejándose caer en un sillón desfallecida.)* ¡Elvira, Elvira!

DOÑA ELVIRA.—Señora, volved en vos. ¿Queréis que llame?

REINA.—*(Levantándose con nuevo vigor.)* No, detente. ¿Ves que hombre tan falso, tan inicuo? No hay palabras con que decir lo que ese hombre es. ¡Si le hu-

bieses escuchado!... Va a partir en busca de su amada.
Yo también iré a verla.

DOÑA ELVIRA.—¿Vos?

REINA.—Sí, yo; yo, contigo.

DOÑA ELVIRA.—¿Qué intentáis, señora?

REINA.—Eso: lo que acabas de oír.

DOÑA ELVIRA.—Por compasión.

REINA.—Obedece y calla.

DOÑA ELVIRA.—El rey.

REINA.—Trae mantos.

DOÑA ELVIRA.—¿Qué va a ser de esta desventurada?
(Entra en el cuarto de la derecha.)

ESCENA X

La REINA y el REY

REY.—Vuelvo, como te había ofrecido, a decirte adiós.

REINA.—Por mí no te detengas. Ve y cumple con
tus deberes de soberano.

REY.—Así quisiera yo verte siempre.

REINA.—Siempre me verás como ahora. Adiós.

REY.—Qué, ¿no abrazas a tu esposo?

REINA.—*(Abrazándole.)* Con vida y alma.

REY.—¿Te quedas contenta, eres feliz?

REINA.—¿Pues no estás viendo cómo me río? ¿No
he de ser feliz con un esposo como tú?

REY.—Logré que al fin conocieses tu error.

REINA.—Por demás era injusta contigo.

REY.—*(Besándole una mano.)* Adiós, pues, Juana
mía.

REINA.—Adiós, Felipe mío, adiós. *(Vase el rey por
la puerta del foro.)*

ESCENA XI

La REINA, *y después* DOÑA ELVIRA

REINA.—¡Cómo se irá diciendo ahora: pobre mujer, qué bien la engaño, qué bien sé fingir! ¡Con qué alegría, exento de todo recelo, correrá a lanzarse en los brazos de su amiga! Juntos me parece ya verlos, clavados los ojos del uno en los del otro, con las manos enlazadas, exhalando tiernos suspiros de amor. ¡Oh! Pronto en mí sola se fijarán sus miradas; a mí se dirigirán sus manos pidiendo compasión; los suspiros se cambiarán en gritos de espanto. Él lo quiere; sea, luchemos: en todas partes me encontrará, no tendrá un minuto de reposo, envenenaré todos sus placeres. ¡Por Dios y los santos que ese hombre ha de soñar conmigo! Vamos, ya es hora. *(A Doña Elvira, que sale con mantos.)*

DOÑA ELVIRA.—¿Aún insistís?

REINA.—Sígueme.

DOÑA ELVIRA.—Aguardad a lo menos a que se disponga una litera.

REINA.—¿Para que los espías del rey lo noten, y vayan y le avisen? Saldremos por esa puerta. *(Indicando la de la derecha de segundo término.)* Iremos a pie.

DOÑA ELVIRA.—¡A pie! ¡Tan débil como estáis!

REINA.—¿Yo débil ahora? Esta mujer no sabe lo que se dice.

DOÑA ELVIRA.—Recordad que vuestra frente ciñe una corona.

REINA.—Sí, sí, en este momento de coronas debes hablarme.

DOÑA ELVIRA.—Nunca una reina ha de olvidarse de que lo es.

REINA.—Yo no soy más que una mujer celosa disfrazada de reina.

DOÑA ELVIRA.—¡Inspiradla, Dios santo!

REINA.—Partiré sola. Quita.

DOÑA ELVIRA.—¡Oh, no! Pronta estoy a seguiros.

REINA.—Vamos entonces a sorprender a los dichosos amantes. Ven, ven y verás cómo se apartan las palomas cuando las sorprende el milano. *(Dirígese precipitadamente, seguida de Elvira, a la puerta de la derecha de segundo término.)*

FIN DEL ACTO PRIMERO

ACTO SEGUNDO

*Pieza de un mesón. Puertas laterales; otra en el foro,
que da a un patio. A la derecha una escalera: súbese
por ella a un corredor practicable que se extiende en el
foro de un extremo a otro del teatro. En el promedio de
este corredor la puerta del cuarto de Aldara. Mesas,
sillas, bancos*

ESCENA I

El Mesonero *y* Trajinantes; *después una* Moza
del mesón

Trajinante 1.º—Lo dicho: no hay cosa mejor que
un rey bueno, ni cosa peor que uno malo.

Mesonero.—Cierto; que así como el bueno es imagen de Dios en la Tierra, el malo sólo puede ser imagen
del demonio.

Trajinante 2.º—Y ahí tenéis que, cuando los pobres
se mueren de hambre, el rey pide un servicio de cien
cuentos de maravedís.

Trajinante 3.º—Y los flamencos que por acá se trajo
aprópianse a tuerto o a derecho el oro de Castilla.

Trajinante 1.º—Son a fe sus mercedes tan largos
de manos como anchos de conciencia.

Mesonero.—Para hacerles hueco, y a fin de que pon-
gan en feria lo que para sí no codicien, ha quitado el

rey a las ciudades sus corregidores, y a los castillos sus alcaides, y sus generales a las fronteras.

TRAJINANTE 1.º—Y a todo esto, la reina en celar a su marido se pasa la vida.

TRAJINANTE 3.º—Cuentan que ha perdido el seso.

MESONERO.—Medrados estamos con reina loca y rey tan ligero de cascos.

TRAJINANTE 1.º—¡Ay, si resucitara la otra!

TRAJINANTE 2.º—¡Aquella sí que fue toda una reina!

MESONERO.—Como que no parece sino que el cielo quiso juntar en la reina Isabel cuantas virtudes habían adorado los hombres, repartidas entre los mejores monarcas de la Tierra.

TRAJINANTE 3.º—Yo oí decir que lo mismo era para ella un señor que un labriego.

TRAJINANTE 1.º—Así es la verdad; que un día me eché a sus pies cuando salía de palacio, y más me dio de lo que yo le pedí; y a mi Juanico, que allí conmigo estaba, le hizo una fiesta en el rostro. Ni su madre ni yo podemos mirar desde entonces al muchacho sin una especie de veneración y respeto, y el día que se cumplió un año de la muerte de su alteza compramos dos hermosos cirios, que por el descanso de su alma estuvieron ardiendo hasta consumirse; y todos los años haremos lo mismo; y nuestro hijo lo hará, con la gracia de Dios, cuando nosotros faltemos.

TRAJINANTE 2.º—Yo nunca le vi la cara a la reina, porque una vez que pasó por mi lado quise mirarla, y levantar los ojos y volverlos a bajar sin saber lo que me pasaba, todo fue uno.

MESONERO.—Es que su mercé tenía cara de virgen.

TRAJINANTE 1.º—Por ella nos vemos libres de esos perros moros que ultrajaban a Jesús Nazareno y a su bendita Madre.

TRAJINANTE 2.º—Cubierta de hierro, y expuesta a las inclemencias del cielo y a los peligros de las batallas, estuvo la reina Isabel, así como el último de sus soldados.

TRAJINANTE 1.º—Ella, vendiendo sus joyas, hizo que aquel buen ginovés fuese a descubrir tierras para España.

TRAJINANTE 3.º—Ella sujetó a los próceres turbulentos.

MESONERO.—A ella debemos poder hoy respirar sin temor de que los señores nos traten peor que a su perro de caza.

TRAJINANTE 2.º—¡Cuánto trabajó la pobre! ¡Cuánto pasaría por nosotros!

MESONERO.—¡Qué! ¡Si no tenía más pío que hacer la dicha de su pueblo!

TRAJINANTE 3.º—Y diz que murió como una santa.

MESONERO.—No es mucho que muera como santo quien como tal haya vivido.

TRAJINANTE 1.º—Una mujer así no debía morirse nunca.

MESONERO.—Vamos, hombre, no te enternezcas, que la cosa ya no tiene remedio.

TRAJINANTE 1.º—Porque no tiene remedio lloro, que si tuviera, yo me dejaría matar por que ella resucitase.

MESONERO.—¡Toma! Si con la vida ajena se hubiera podido ir alargando la suya, aún viviera y viviría por los siglos de los siglos.

TRAJINANTE 2.º—¿Parece que también su merced se ablanda?

MESONERO.—¿Qué se le ha de hacer? No es uno de risco; y ya que con otra cosa no pudimos pagarle los pobres mientras vivió, justo es que después de muerta la paguemos con lágrimas el bien que nos hizo; y a fe que la buena señora ve nuestro llanto desde el cielo.

TRAJINANTE 1.º—Premie Dios sus virtudes, que Él sólo puede recompensarlas como es debido.

TODOS.—¡Dios la bendiga! ¡Dios la bendiga!

MESONERO.—Ea, ea, basta de pucheros, y vaya un padrenuestro por la gloria de su alma. *(El mesonero y todos los trajinantes se levantan, se quitan el sombrero y permanecen en silencio breves instantes, como si estuvieran rezando.)* Requiescat in pace.

TODOS.—¡Amén! *(Todos se santiguan.)*

MESONERO.—Y ahora un trago.

TODOS.—¡Venga, venga! *(Escáncianse vino.)*

MESONERO.—A la memoria de la mejor de las reinas.

TODOS.—A su memoria. *(Beben.)*

MOZA.—*(Entrando por el foro con un velón de Lucena, que pone en la mesa.)* ¡Alabado sea Dios!

TODOS.—Bendito y alabado.

MOZA.—La cena se enfría.

TRAJINANTE 1.º—¡Santa palabra!

TODOS.—A cenar. *(Vanse los trajinantes por la puerta del foro seguidos de la moza.)*

ESCENA II

El MESONERO y ALDARA

Momentos antes se la habrá visto salir de su habitación y bajar por la escalera

ALDARA.—¿Qué hay, Garci-Pérez?

MESONERO.—Que su merced todavía no ha dado la vuelta.

ALDARA.—(¡Oh!) ¿Y ese caballero flamenco que viene todos los días a estas horas?

MESONERO.—Tampoco ha aparecido.

ALDARA.—Ya os dije que no quiero verle.

MESONERO.—Todo el mundo tiene derecho de entrar en el mesón con tal de que pague al salir. Harto os sirvo haciendo creer a la gente que sois sobrina mía. Y temiéndome estoy que fragüe una de las suyas el diablo y se descubra el enredo.

ALDARA.—Poco permaneceré ya en vuestra casa. *(Hácele señal de que se retire.)*

MESONERO.—(¡Lástima es!) *(Vase por la puerta del foro.)*

ESCENA III

ALDARA, *y después* DON ÁLVAR

ALDARA.—Sí, lo conozco; nunca debí amar a un cristiano. Con razón me castigas, ¡oh dios inexorable de mis abuelos! ¿Y si me hubiese engañado? ¿Hasta cuándo he de estar engañándome a mí propia? Siempre noté en él tristeza misteriosa; constantemente hubo una sombra en medio de los dos. Que era la sombra de una mujer, yo me lo imaginaba. Y ahora, ¿cómo dudarlo? Cuando supo la llegada de los reyes a Tudela, ¡qué agitación la suya! Cuando la fiebre le embargaba los sentidos, oíale gritar: «¡Está en Tudela; voy a volverla a ver!» Enfermo aún, no ha podido por más tiempo vencer su afán y ha volado a Tudela, con riesgo de la vida. ¿Qué mujer es ésa? ¿Habrá venido con los reyes? ¡Cuitada yo, que juzgué posible que un hombre me amase eternamente! Él es.

DON ÁLVAR.—*(Saliendo por la puerta del foro.)* (Aquí está. ¿Cómo desengañarla?)

ALDARA.—Creí que no ibais a volver.

DON ÁLVAR.—¿Me recibís enojada porque he tardado? Nunca quisiera yo enojar a quien tanto hizo por mí. Os debo la vida.

ALDARA.—Más que la vida os debí yo: la felicidad.

DON ÁLVAR.—Será mi gratitud eterna.

ALDARA.—¿Gratitud me ofrecéis?

DON ÁLVAR.—Decid: ¿vendrá también hoy el caballero que os corteja? Restablecido al fin, quiero pedirle cuenta de las molestias que os ha causado.

ALDARA.—Dejad en paz a ese caballero, y no con vanas apariencias intentéis deslumbrarme.

DON ÁLVAR.—No comprendo vuestras palabras.

ALDARA.—¿A qué habéis ido a Tudela?

DON ÁLVAR.—¿No os lo dije? A ver a mi deudo el almirante de Castilla.

ALDARA.—¿Y a ninguna otra persona habéis visto?

DON ÁLVAR.—Sí, a la reina.

ALDARA.—¿A la reina?

DON ÁLVAR.—¿Por qué os sorprende?

ALDARA.—¿Es hermosa?

DON ÁLVAR.—Ángel del cielo parece por el rostro y por el corazón.

ALDARA.—Mucho la encomiáis.

DON ÁLVAR.—Poco os parecería si la conocieseis. Me ha ofrecido su protección.

ALDARA.—Bien la merecéis.

DON ÁLVAR.—Mañana mismo pienso partir a Burgos.

ALDARA.—¿Parten mañana también sus altezas?

DON ÁLVAR.—Mañana.

ALDARA.—¿Y sólo con el almirante y con la reina habéis hablado?

DON ÁLVAR.—Sólo con el almirante y con la reina.

ALDARA.—Aseguran que doña Juana está loca.

DON ÁLVAR.—Falso. Torpe calumnia divulgada por el rey, que quiere apartarla de sí, desconociendo el tesoro

que injustamente posee. Pero, por la espada del Gran
Capitán, que aún hay castellanos prontos a morir, si es
preciso, por defenderla.

ALDARA.—Dios la confunda.

DON ÁLVAR.—¿Qué proferís?

ALDARA.—Mal hicisteis en encomiar delante de mí
a quien tanto aborrezco.

DON ÁLVAR.—¿Que aborrecéis a la reina? ¿Por qué
causa?

ALDARA.—¿A qué fingís ignorarlo? Hubo una mujer
que, haciendo derecho de la usurpación y ley de la
fuerza, subió a un trono que no le pertenecía, y todo
fue poco para saciar su sed de poderío y de mando.
Tendió su mirada de águila por la Tierra; vio un imperio compuesto de catorce ciudades y noventa y siete
villas; vióle grandemente enriquecido por la fortuna,
con insólito afán acariciado por la naturaleza; vióle y
le deseó, y dijo: venga a mi mano. Dos reyes disputá-
banse el cetro de aquel imperio: el vicio y el valor se
le disputaban. La astuta serpiente, que para sí le quería,
amparó al rey cobarde contra el valiente, porque bien
conoció que así después la victoria sería más fácil.
Cayó mi padre, el rey Zagal; el rey Chico volvió a ser
dueño del trono; desplomáronse sobre Granada, Aragón
y Castilla; el Genil fue Guadalete para la media luna,
brilló vencedora sobre las torres de la Alhambra la
enseña de la Cruz, y la ciudad hermosa, hija predilecta
del Profeta, antes por la propia flaqueza rendida que
por el valor ajeno, dobló su coronada frente bajo la
planta del cristiano. Mira cómo huye al África mi padre
infeliz, a llorar la mengua de los hijos de Agar; cómo
el bárbaro rey de Fez, creyéndole cómplice de los enemigos de Granada, le quema en venganza los ojos. Mí-
rale mendigando el sustento preciso con un cartel pendiente del cuello en donde se lee: «Éste es el desdichado

rey de Granada.» De sus ojos sin luz corren lágrimas
de sangre; sus manos descarnadas se clavan en la frente, donde no encuentran la corona que buscan. Oye
cómo grita al morir: venganza contra la reina Isabel
y contra toda su generación. ¡Y me preguntas por qué
aborrezco a la reina doña Juana, a una hija de la reina
Isabel! ¿Ignoras que antes de conocerte no había más
que anhelo de venganza en mi pecho? ¿Por qué te
conocí? Quizá hubiera logrado la gloria de morir por
odio a los cristianos; y no que hoy moriré, quizá, de
amargura por haber amado a uno solo.

DON ÁLVAR.—¡Aldara!

ALDARA.—Y, sin embargo, ¿qué más pude sacrifi-
carle? ¿Qué mujer puede merecer el amor de un hombre si yo no merezco el suyo? Te perdí; el Dios a quien
ultrajé me rechaza. Nada me queda: vergüenza y llanto,
nada más.

DON ÁLVAR.—Aldara, yo no he dicho que no os amo.
Los beneficios que de vos recibí siempre vivirán gra-
bados en mi pecho.

ALDARA.—¿Otra vez vais a hablarme de gratitud?
Antes bien, explicadme la causa que os impide pagar
mi amor con amor; decidme que amáis a otra, a otra
a quien sin duda en mucho tiempo no habréis visto,
porque entonces sin remedio la hubiera visto yo también. ¿La habéis vuelto a encontrar, por ventura, sin
que yo sepa cuándo ni cómo? ¿En Tudela, tal vez?
Vamos, contadme todo esto. Si es cierto que amáis a
otra, yo no debo ignorarlo. No; si es cierto, que yo lo
ignore siempre, porque sería capaz..., sería capaz de
matarla.

DON ÁLVAR.—¡Matarla!

ALDARA.—Luego, ¿existe, existe?

DON ÁLVAR.—Y suponiendo que existiese...

ALDARA.—No me desafiéis.

Don Álvar.—¿Cuáles son vuestros derechos sobre mí?

Aldara.—Vos, porque os he amado, tenéis el de ultrajarme.

Don Álvar.—Termine hoy aquí nuestra plática. Espero que mañana, con más tranquilidad, podréis oírme y conocer lo indebido de tan reiteradas inculpaciones. *(Éntrase por la puerta de la izquierda.)*

ESCENA IV

Aldara, *y después el* Rey

Aldara.—¡Y así me deja! ¡Y partirá mañana mismo! Tiempo era ya de que el altivo cristiano humillase a su esclava. Por un momento he pensado en la reina... Imposible. ¿Por qué? Mil veces le escuché hablar de ella con arrebato singular. ¿Será otro amor el que creí amor del súbdito a la señora? ¿Cómo averiguar la verdad? Pero, ¿ha de amar la reina a este hombre; la reina, que, según afirman, idolatra a su esposo? ¿No puede tener engañado al mundo? ¿No puede Álvar, que desdeña mi afecto, amar a quien el suyo rechace? Le perdonaría que no me amara; que ame a otra, no puedo, no quiero perdonárselo. *(Yendo hacia la escalera.)* ¡Oh! ¿Quién llega?

Rey.—*(Entrando por la puerta del foro y asiendo a Aldara de una mano.)* No huyas. Detente.

Aldara.—Soltad.

Rey.—¿Habrá en el mundo aldeana menos complaciente que tú?

Aldara.—¿Habrá caballero tan necio como vos?

Rey.—¿Necio me llamas?

ALDARA.—Necio sois en perseguir a quien nunca habéis de alcanzar.

REY.—Tiene en ti Garci-Pérez una sobrina con humos de princesa.

ALDARA.—Más me acerco a princesa que a sobrina de un mesonero.

REY.—¿Cómo?

ALDARA.—Sabed la verdad: ya no tengo por qué ocultarla; no soy sobrina de Garci-Pérez.

REY.—¡Extraño misterio el que os rodea, señora! Con razón supuse que la condición que aparentabais no era la vuestra. Pues bien, yo no soy tampoco un simple hidalgo cual aquí se me cree; soy...

ALDARA.—¿Quién?

REY.—Un prócer, un prócer flamenco de lo más esclarecido.

ALDARA.—(Éste pudiera tal vez ayudarme.)

REY.—Desde el día en que mi buena estrella me hizo pasar por delante de este mesón, cifro en veros mi dicha. Hasta qué punto logró subyugarme vuestra hermosura, no cabe ponderarlo. Mi corazón os pertenece, señora; por una palabra cariñosa de vuestros labios diera parte de mi existencia. Tengo que partir a Burgos mañana...

ALDARA.—¿Con los reyes, acaso?

REY.—Sí, con los reyes. Seguidme, y exigid en cambio todo lo que queráis; hasta lo que os parezca imposible.

ALDARA.—¿Tanto podéis?

REY.—Cuanto quiero.

ALDARA.—¿Sois amigo del rey?

REY.—Más que amigo.

ALDARA.—¿Su privado, quizá?

REY.—Puede decirse que el rey y yo somos una misma persona.

ALDARA.—¿Y si a mí se me antojase frecuentar su palacio?

REY.—Seríais dama de la reina.

ALDARA.—¿Cómo, si por muy ilustre que fuese mi estirpe, yo no pudiera descubrirla?

REY.—¿No pasáis aquí por sobrina de un mesonero? Mejor podríais pasar allá por deuda de algún conde o marqués.

ALDARA.—¿Y vos os daríais por bien pagado con la única dicha de verme?

REY.—Sin duda.

ALDARA.—Meditaré acerca de tal ofrecimiento.

REY.—¿Olvidáis que tengo que partir mañana?

ALDARA.—Por escrito os comunicaría mi resolución.

REY.—¡Oh!, no, bien mío; fuerza es que os decidáis al momento. Mirad: a corta distancia del mesón hay una litera en donde, escoltada por hombres de toda mi confianza, podréis emprender esta misma noche el viaje.

ALDARA.—¿Todo eso tenéis preparado?

REY.—Todo eso.

ALDARA.—¿Pensabais, quizá, sacarme de aquí por fuerza?

REY.—Quizá.

ALDARA.—*(Alejándose.)* Pues quizá no parta yo a Burgos en toda la vida.

REY.—*(Tratando de detenerla.)* ¿Qué, así os retiráis?

ALDARA.—*(Apartándose más.)* Os he dicho que meditaré.

REY.—*(Siguiéndola.)* ¡Señora!

ALDARA.—Tened un poco de paciencia. *(Sube por la escalera y entra en su cuarto.)*

ESCENA V

El REY, *a poco el* MESONERO; *después la* REINA
y DOÑA ELVIRA

REY.—Mejor dispuesta que esperaba la encuentro.
Muchas veces he creído estar enamorado: a fe mía que
ahora va de veras. Su misteriosa condición, sus repulsas continuas, ese tenaz desdén a que no estoy acostumbrado, aumentan más y más la llama que arde por ella
en mi pecho. Aseguremos el golpe. *(Dando porrazos
sobre la mesa.)* ¡Hola! ¡Mesonero de Barrabás! ¡Hola!

MESONERO.—*(Saliendo por la puerta del foro.)* ¿Qué
se os ofrece?

REY.—Venid acá, don bellaco, señor mesonero tra-
palón, señor tío postizo.

MESONERO.—¡Eh!

REY.—¿Conque tan fingidas son tus sobrinas como
tus liebres?

MESONERO.—Pues qué, ¿sabéis?...

REY.—Todo lo sé, y escucha atentamente lo que voy
a decirte.

MESONERO.—Ya escucho.

REY.—¿Qué gente hay en el mesón?

MESONERO.—Unos trajinantes.

REY.—¿Qué hacen ahora?

MESONERO.—Dormir a pierna suelta.

REY.—Bien. ¿Y nadie más?

MESONERO.—Sí, un capitán, un don Álvar de Estúñiga.

REY.—¿Ése que, según he oído, está enfermo?

MESONERO.—Justamente.

REY.—(Ése no puede estorbarme.)

MESONERO.—¿Acabasteis ya de preguntar?

REY.—Acabaron las preguntas; empiezan las órdenes.

MESONERO.—¡Oiga!

REY.—Primeramente dejarás a oscuras estas habitaciones.

MESONERO.—Pues ¿qué diablos vamos a hacer a oscuras?

REY.—Lo verás si no ciegas.

MESONERO.—¡Me gusta la aprensión!

REY.—Obedece aunque no te guste.

MESONERO.—¡Por supuesto!

REY.—Encerrarás después, por allá adentro, a todos los mozos.

MESONERO.—¡Festivo humor traéis esta noche!

REY.—Irás en seguida a abrir la puerta del corral, por donde entraré yo con cuatro embozados.

MESONERO.—Vaya, vaya, este señor ha empinado hoy más de lo justo.

REY.—El objeto es sacar de aquí bien a bien, y si no mal a mal, a tu señora sobrina.

MESONERO.—¿Habráse visto insolencia igual? Si no por otra cosa, por las intenciones se os conocería que sois flamenco. Y como tenemos un rey tan casquivano y antojadizo, parece que todos queremos sacar los pies del plato. ¿Qué apostamos a que aviso a los mozos y a garrotazos os hacen salir del mesón?

REY.—Una sola cosa me falta que añadir.

MESONERO.—¿Qué le falta que añadir a vuestra merced?

REY.—Que como nada es verdad en tu mesón endemoniado, tampoco yo soy lo que parezco.

MESONERO.—Y sepamos, ¿quién sois? ¿Algún truhán con visos de caballero?

REY.—Soy el rey.

MESONERO.—¡Jesucristo!... ¡El rey!

REY.—Y si esta noche no me obedeces, haré que te ahorquen mañana.

MESONERO.—Señor..., yo... Vuestra alteza...

REY.—Nada más tengo que decirte.

MESONERO.—(Bastante es.)

REINA.—*(Apareciendo con doña Elvira en la puerta del foro en el momento en que el rey va a salir por ella. Ambas vienen completamente cubiertas con mantos.)* ¡Oh!...

REY.—Perdonad. (Nuevos huéspedes.) Mira. *(Acercándose de nuevo al mesonero.)* Aloja a ésas en habitaciones retiradas. (Todo saldrá bien.)

(Vase por la puerta del foro.)

ESCENA VI

La REINA, DOÑA ELVIRA *y el* MESONERO

REINA.—El rey ya se va. Hemos llegado tarde.

MESONERO.—Y yo que le he dicho... *(En el proscenio, absorto en sus meditaciones.)* ¡Quién se había de figurar!... En fin, que la robe y que buen provecho le haga.

REINA.—¿Que la robe? ¿A quién?

MESONERO.—Calla, ¿me oíais? Ya ni siquiera me acordaba...

REINA.—¿A quién va a robar ese caballero?

MESONERO.—A nadie.

REINA.—Decíais...

MESONERO.—Yo no decía nada. ¡Vaya una curiosidad! ¿Queréis un cuarto? Pronto: decid, que tengo prisa.

REINA.—¡Vive Dios! Responde a lo que te pregunto.

MESONERO.—También jura. Pues, ¡vive Cristo!, que podéis continuar vuestro viaje, porque no tengo dónde alojaros.

REINA.—¿Volverá ese hombre esta noche?

MESONERO.—¡Dale, machaca! ¡Ni que fuerais su mujer!

REINA.—Lo soy.

MESONERO.—¿Vos su mujer? ¡Ja, ja, ja!

DOÑA ELVIRA.—Respetad a esta dama.

MESONERO.—Pero si dice que el caballero que aquí estaba es su marido. Sería preciso que ella fuese nada menos que... (¡Chitón!)

REINA.—¿Sabéis quién es ese caballero?

MESONERO.—¡Vaya si lo sé! Mejor que vos, por lo visto.

REINA.—¿Sabéis que es el rey?

MESONERO.—¡Cómo!... ¿Vos?...

REINA.—¿No os he dicho que soy su esposa?

MESONERO.—¿Qué?...

REINA.—Responde a la reina.

MESONERO.—¡La reina! ¡Madre de los pecadores!

REINA.—¿Qué te ha dicho el rey?

MESONERO.—Me ha dicho... Me ha dicho...

REINA.—¿Qué? Acaba...

MESONERO.—Yo bien quisiera..., pero la turbación y el... Vuestra alteza me perdonará... Como nunca me vi delante de una reina...

REINA.—Una reina es una mujer como todas las demás, y no tenemos tiempo que perder en asombros ni vanas demostraciones. Vamos; habla, di.

MESONERO.—Pero es que, si hablo, el rey hará que me ahorquen mañana.

REINA.—Y si no hablas, la reina hará que te ahorquen esta noche.

MESONERO.—¿Conque por fuerza me han de ahorcar?

REINA.—Por mi nombre te juro que nada tienes que temer si me revelas cuanto deseo.

MESONERO.—¿De veras? ¿Vuestra alteza no me dejará luego en la estacada? Permítame alteza que le bese los pies.

REINA.—De nada respondo si más me apuras la paciencia.

MESONERO.—Pues bien, señora. Hay en el mesón una mujer muy linda, que se llama Aldara.

REINA.—Prosigue.

MESONERO.—El rey... Ya se ve, un rey, según vuestra alteza ha dicho muy bien, es un hombre como todos los demás. El enemigo malo anda siempre suelto..., a veces el más cuerdo la yerra..., la muchacha vale un tesoro...

REINA.—¿Acabarás?

MESONERO.—En fin, un pecadillo venial, un antojillo sin malicia.

REINA.—¿Qué más? ¿Qué más? Eso que me decías antes de robo.

MESONERO.—Eso: que se le ha antojado robarla esta noche, y quiere que yo le prepare la fuga.

REINA.—(¡Dios mío, Dios mío!) ¿Dónde tiene ella su cuarto?

MESONERO.—(Señalando a la puerta del corredor.) Aquel es, señora.

REINA.—¿Hay por aquí alguno vacío?

MESONERO.—(Abriendo la puerta de la derecha.) Aquí hay uno bien acondicionado.

REINA.—Anda, y di al rey que ya puede venir por Aldara.

(El mesonero se aleja un poco y vuelve.)

MESONERO.—Me encargó su alteza que dejase a oscuras estas habitaciones. Si aquí ve luz, desde luego comprenderá el engaño.

REINA.—No la verá.

(Aléjase de nuevo el mesonero y vuelve como antes.)

MESONERO.—*(Hincándose de rodillas delante de la reina.)* ¿Conque vuestra alteza me asegura que no corro peligro de ser ahorcado?

REINA.—Ninguno si al punto vas a cumplir mis órdenes.

MESONERO.—Volando voy. (Mucho cuesta conocer a los reyes.)

(Vase por la puerta del foro.)

ESCENA VII

La REINA *y* DOÑA ELVIRA

DOÑA ELVIRA.—Sentaos, señora, y recobrad las fuerzas perdidas.

REINA.—La lluvia, el aire, el cansancio, la zozobra que me devoraba, todo ha contribuido a que las perdiese. Pero ya me siento bien: créelo, Elvira.

DOÑA ELVIRA.—¡Qué imprudencia, señora! En fin, ya no tiene remedio. Procurad no irritar sobradamente a don Felipe.

REINA.—Va a venir; retírate a aquel aposento. Que no nos interrumpas te encargo.

DOÑA ELVIRA.—Confíe en mi sumisión, vuestra alteza.

REINA.—Llévate esa luz.

DOÑA ELVIRA.—¡Sea la Virgen con nosotras!

(Entra por la puerta de la derecha, llevándose la luz.)

ESCENA VIII

La REINA *sola, después el* REY *y* EMBOZADOS; *luego*
DON ÁLVAR, ALDARA *y* DOÑA ELVIRA

REINA.—Allí está esa mujer. ¿Será muy hermosa?
Verla puedo ahora mismo. ¿Qué hago? No: esperemos
aquí a Felipe. ¿Se atreverá a mentir todavía? ¡Cómo
voy a gozarme en su turbación, en su cólera! Día es
éste para mí de triunfo; momento es éste que me in-
demniza de las amarguras soportadas en muchos años.
¡Oh, pasos oigo! ¿Serán los suyos? ¡Cuáles otros pu-
dieran retumbar así en el fondo de mis entrañas!

REY.—*(Hablando desde la puerta del foro.)* Quedaos
ahí; aguardad a que os llame.

REINA.—(¿Qué me sucede? ¿Es ésta la fortaleza con
que contaba?)

REY.—Subamos a su cuarto. *(Al dirigirse a la escalera que conduce al cuarto de Aldara, repara en la
reina.)* ¡Oh! ¿Será ella?

REINA.—(Se detiene.)

REY.—*(Acercándose.)* Aldara, ¿sois vos?

REINA.—(¿Qué haré, qué haré?)

REY.—Aldara. *(Asiendo una mano a la reina.)* (No
retira su mano.)

REINA.—(¡Valor!)

REY.—No queréis responderme.

REINA.—*(Prorrumpe en ruidosa carcajada, como ha-
biendo tomado una resolución.)* ¡Ja, ja, ja!

REY.—¿Os burláis de mí?

REINA.—¡Ja, ja, ja!

REY.—¡Cielos, no es ella! ¿Quién, entonces? ¿Quién
sois? Responded. Luces, Beltrán, luces.

REINA.—Pensé que me verías con los ojos del corazón.

REY.—¡Esta voz!... Deteneos. *(Toma la luz de mano de uno de los embozados que se presentan en la puerta del foro, y después de ordenarles que allí permanezcan, se acerca precipitadamente a doña Juana.)* ¡La reina! ¡La reina aquí!

REINA.—¿Dónde mejor puede estar la reina que al lado del rey?

REY.—Salid todos; aguardadme lejos de este recinto. *(Dirigiéndose a los embozados después de dejar la luz en la mesa.)* Nadie penetre en él, suceda lo que quiera. Cuando os necesite saldré a buscaros. *(Vanse los embozados, y el rey cierra la puerta del foro.)* ¿Queréis decirme, señora, por qué razón os encuentro aquí?

REINA.—¿No lo adivináis?

REY.—Quiero que vos me lo digáis.

REINA.—Vengo a darte ayuda en el negocio de Estado que te trae a este sitio.

REY.—(¿Qué dice?)

REINA.—Sí, quiero hablar con ese magnate a quien diariamente concedes en este mesón audiencia secreta. Por lo visto no has logrado aún granjearte su afecto, y el rebelde persiste en su idea de promover trastornos en contra tuya. Pues bien: sabrá de mi boca que, lejos de ofenderme y tiranizarme, cada día me das pruebas más patentes de amor y respeto; que en vez de oprimir y vejar a Castilla, por su bien te desvives; que todo lo malo que de ti se cuenta, en fin, son calumnias fraguadas por tus enemigos; y puesto que ellos han tomado por bandera mi nombre, justo es que yo misma me encargue de justificarte a la faz del mundo entero, publicando tus virtudes de esposo y de rey. ¿Qué te parece? ¿Está mal pensado? No contará seguramente con mi venida el buen duque de Alba. Gran golpe vamos

a dar a los partidarios de mi padre. Tiempo era ya de
que España te conociese como yo te conozco.

REY.—(¿Qué debo pensar?)

REINA.—Dime ante todo: ¿qué mujer es esa que
has nombrado al entrar aquí?

REY.—Es la sobrina del mesonero.

REINA.—Y ¿para qué la buscabas?

REY.—Para preguntarle si había venido ya el duque.

REINA.—¿Y para eso era menester asirle una mano?

REY.—Como no se me respondía, traté de cercio-
rarme...

REINA.—¿Sabes que el oficio de rey no es tan fácil
como parece?

REY.—Cuesta, efectivamente, grandes amarguras.

REINA.—¡Pobre Felipe! ¡Cuántas humillaciones, cuán-
tos afanes, por evitar que la sangre de tus vasallos
corra en contienda civil!

REY,—Celebro que me hagáis justicia.

REINA.—¿Que si te hago justicia? Más de lo que
supones. ¿Qué creyera otra mujer, a quien se le hubiera dicho que sólo a cortejar a una moza bonita vienes
a este mesón, y que esta misma noche tratabas de robarla? Creyéralo verdad, y al verte aquí buscando a
una mujer en medio de las tinieblas, no vacilara en lla-
marte falso, perjuro, traidor...

REY.—¡Doña Juana!

REINA.—Mas ni por un instante imaginé yo que fueses capaz de tanta villanía.

REY.—Basta, señora.

REINA.—Yo he cerrado a la evidencia los ojos y los
oídos, y sólo doy crédito a lo que tú me dices.

REY.—¡Señora!

REINA.—Insensato, ¿no conocíais que me estaba bur-
lando de ti?

REY.—Me asombra tanta audacia. ¿Y pensáis que he de someterme a esa vergonzosa tutela que sobre mí queréis ejercer?

REINA.—¿Y pensáis vos que he de permitir que se me ultraje impunemente?

REY.—Tranquilizaos, ante todo.

REINA.—¿Tranquilizarme? Ahora que con mi presencia logro arrebatarte el bien que anhelabas, ahora que tú eres el que padece, yo soy dichosa; tú el que tiembla, yo sosegada estoy. El dolor tiene también su alegría; también la desesperación tiene su tranquilidad.

REY.—Pero ved que con semejantes locuras ponéis en riesgo mi honor.

REINA.—¿De tu honor te atreves a hablarme? ¿Y el mío? ¡El honor de los hombres!... También nosotras tenemos nuestro orgullo, nuestros derechos, nuestro honor. Guardadora del tuyo, aquí vine para reclamar que guardes el mío. Mentira: no hizo Dios el pudor patrimonio exclusivo de la mujer.

REY.—Engañada vivís si creéis que así se conquista el afecto de un esposo.

REINA.—Si lo que yo quiero es que me aborrezcas; y como mi amor es tu castigo, yo te amaré más cada día; siempre más.

REY.—El amor que me tenéis raya en desatino, en locura, y al fin llegará a ser mofa de la gente.

REINA.—¿Mofa de la gente el amor que te tengo? Oh, sí; natural es que una mujer ame a un galán; pero no que ame años y años a su marido. El amor ilegítimo, el amor adúltero, ese es amor: el amor legítimo y santo, ese no es amor; es rareza, desatino, locura.

REY.—Volveos a Tudela, señora; yo os daré quien os acompañe.

REINA.—¿Qué más?

REY.—Vuestra temeridad necesita un correctivo.

REINA.—¡Pérfido, y al par insolente!

REY.—Repito que las apariencias os engañan.

REINA.—¡Siempre la mentira en su boca!

REY.—Básteos ver cómo me ultrajáis y cómo yo lo tolero.

REINA.—¡Siempre la hipocresía en su alma!

REY.—¿Queréis oír la verdad? Oídla: vuestro amor es un yugo que me hace padecer.

REINA.—Óyelo y padece: ¡te amo!

REY.—Paso, señora. Voy a buscar a esa dama.

REINA.—¿Cómo? ¿Te atreverías?...

REY.—A todo.

REINA.—No me obligues a publicar aquí tu mengua.

REY.—Sola estáis a mi lado.

REINA.—Gritaré.

REY.—Nadie responderá a vuestras voces.

REINA.—Lo veremos. ¡Favor!... ¡Socorro!...

REY.—Ved lo que hacéis.

REINA.—Tú lo has querido.

REY.—¡Silencio, desdichada!

REINA.—¡Socorro; favor a la reina!

DON ÁLVAR.—*(Presentándose en la puerta de su cuarto y conociendo a la reina.)* ¡Cielos, qué miro!... *(Desnudando la espada y corriendo hacia el rey.)* ¡Infame!...

REINA.—*(Cubriendo al rey con su cuerpo.)* ¡Eh!... ¿Quién sois? ¿Qué queréis?

DON ÁLVAR.—Su muerte.

REY.—*(Poniendo mano a su acero.)* ¡Villano!

REINA.—¿Su muerte? ¿Matarle a él? A mí primero. Atrás. Yo le amparo, yo le escudo. De rodillas, capitán, de rodillas. ¡Es mi esposo, es el rey!

DON ÁLVAR.—*(Doblando la rodilla.)* ¡El rey!

ALDARA.—*(Asomándose por el corredor con una lámpara en la mano.)* ¡La reina!

El rey dirige al capitán una mirada amenazadora, con la mano puesta en el pomo de la espada; la reina, llena de espanto, no deja de cubrir al rey con su cuerpo; don Álvar, a alguna distancia, de rodillas, humillando su acero a los pies de la reina; Aldara, asomada en el centro del corredor; doña Elvira a la puerta del aposento en que antes había entrado.

FIN DEL ACTO SEGUNDO

ACTO TERCERO

Salón del Condestable en Burgos. Tres puertas al foro, otras laterales: la de la derecha conduce a las habitaciones del rey, y la de la izquierda a las de doña Juana. Una mesa a cada lado del escenario, cerca del proscenio

ESCENA I

Don Juan Manuel *y el* Marqués de Villena; *después* Filiberto de Vere; *luego el* Almirante *y varios nobles, en seguida otros, y a poco* Marliano

Don Juan Manuel.—Como lo oís, Pacheco amigo. Y es lo más peregrino del caso que la reina, en estos breves días, ha cobrado mucho afecto a su encubierta competidora.

Marqués.—No he conocido hombre menos escrupuloso que el rey para este linaje de aventuras. Caro paga doña Juana los celos con que tan a la continua le aburre. Y a punto fijo, ¿se sabe el nombre y condición de esa misteriosa beldad, hoy por vos convertida en dama de la reina?

Don Juan Manuel.—Supuesto es el nombre de Beatriz que ahora se le da: Aldara llamábase anteriormente. Su verdadera condición aun el mismo don Felipe la ignora.

Marqués.—¿Y no teméis que doña Juana trasluzca el engaño?

Don Juan Manuel.—Difícil es. Como deuda mía fue Aldara admitida, al mismo tiempo que otras damas, en la servidumbre de la reina. Tal, excepto nosotros, la cree todo el mundo.

Marqués.—*(A Filiberto de Vere, que sale del cuarto del rey.)* ¿Qué hay, señor de Vere? ¿Ha participado ya don Felipe a los Grandes su acuerdo de recluir a la reina?

Filiberto.—Y no se ha oído la nueva con tanto agrado como ambos suponíais.

Don Juan Manuel.—No receléis tan pronto. Seguro estoy de que muchos cumplirán el ofrecimiento, que sellaron con sus firmas, de amparar al rey en caso de que fuera preciso encerrar a doña Juana y de que el pueblo no llevase a bien esta grave resolución. Sobrarán medios para triunfar de los que hoy se muestran reacios.

Filiberto.—Su alteza no ha escaseado las mercedes. El toisón de oro de su casa de Borgoña pende ya del cuello de muchos nobles y ricoshombres de Castilla.

Don Juan Manuel.—Aún no ha hecho bastante.

Filiberto.—De vuestro celo, señores, fía su alteza el logro de sus planes. Una reina loca es obstáculo invencible a la buena gobernación de la monarquía. En don Felipe tendrán los castellanos un rey justo y valeroso, y vosotros un amigo siempre dócil a los sanos consejos.

Marqués.—Justo es sin duda ninguna, que a mí me ha ofrecido devolverme las tierras del marquesado de Villena, que indebidamente me quitó la reina Isabel.

Filiberto.—Tiene, sin embargo, tenaces enemigos. Varios Grandes le amenazan desde Andalucía: el de Alba no perdona medio de combatirle; el almirante...

Almirante.—*(Saliendo por el foro con otros nobles.)*

¿ Sabéis, señores, de qué se trata esta mañana en la estancia del rey?

DON JUAN MANUEL.—El rey, señor almirante, ha decidido recluir a su infeliz esposa, y ahora se lo participa a los Grandes.

ALMIRANTE.—Pues a fe que ese incalificable empeño del rey-archiduque puede acarrear males espantosos.

DON JUAN MANUEL.—Empeño incalificable el vuestro y el de cuantos niegan lo que ya está fuera de duda.

FILIBERTO.—Su alteza obra como debe, señor almirante.

ALMIRANTE.—No hay por qué me sorprenda, señor mayordomo del rey, que la turba extranjera, capitaneada por vos, quiera hacer propiedad de don Felipe el trono castellano; que siendo vuestro generoso compatriota único señor de estos reinos, más impunemente como a tierra conquistada los trataríais.

FILIBERTO.—¡ Caballero!

DON JUAN MANUEL.—Válgate Dios por áspero y desabrido.

NOBLE 1.º—*(Saliendo con otros del cuarto del rey.)* El rey exige demasiado.

NOBLE 2.º—Nosotros, señores, estimamos acertada su determinación.

DON JUAN MANUEL.—Inhábil doña Juana para reinar, ¿ a quién sino a él pertenece la corona durante la menor edad del príncipe don Carlos?

ALMIRANTE.—Cuenta con lo que prometéis, caballeros: en Cortes únicamente pudiera tomarse tan importante acuerdo. Las de Valladolid, siguiendo el ejemplo de las de Toro, sólo reconocieron por reina propietaria de Castilla a la hija de Isabel y Fernando. Los procuradores de las ciudades no dieron crédito a la torpe calumnia con que hoy de nuevo se aspira a destronarla. ¿ Serán los próceres del reino menos leales? Don Felipe quiere oponer vuestra fuerza al encono del pueblo. ¿Patrocinaréis vosotros la usurpación y la injusticia?

FILIBERTO.—¿Eso decís en palacio?

ALMIRANTE.—También en palacio debe decirse la verdad. Los que no teman exponerse al enojo del príncipe borgoñón, acudan hoy conmigo a una audiencia que pediremos a la reina. Veréis todos que merece serlo; que los que tratan de hacernos creer que está loca, o se engañan o mienten. *(Marliano sale del cuarto del rey.)*

MARLIANO.—Yo, su médico; yo, que vivo constantemente a su lado, eso mismo afirmo y sostengo. *(Murmullos entre los cortesanos.)*

NOBLE 1.º—Acudiré a esa entrevista con vos, almirante.

NOBLE 2.º—También nosotros.

ALMIRANTE.—Os buscaré después, señores. *(Vase por el foro, seguido de algunos.)*

MARLIANO.—Don Juan Manuel, su alteza manda que reunáis el Consejo.

DON JUAN MANUEL.—Voy a convocarle.

FILIBERTO.—Temo que ahora tampoco logre el rey su deseo.

MARQUÉS.—Temor infundado.

ESCENA II

MARLIANO; *después la* REINA *y* DOÑA ELVIRA

MARLIANO.—¡Que yo sustente como verdad lo que sé que es mentira! Mal me conoces, rey tirano. Si mis dóciles compañeros deponen su conciencia a tus plantas movidos de temor o codicia, nunca yo seguiré ejemplo tan vergonzoso.

REINA.—*(Saliendo de su cuarto con doña Elvira.)* No lo dudes, Elvira: el rey confía en mí demasiado.

MARLIANO.—Vuestra alteza sigue bien, ¿no es cierto?

REINA.—Tres veces me lo has preguntado ya esta mañana.

MARLIANO.—Vuestra salud es para mí inestimable tesoro. *(Saluda y vase.)*

ESCENA III

La REINA y DOÑA ELVIRA

REINA.—Sí, Elvira, sí; la excesiva confianza perjudica al amor.

DOÑA ELVIRA.—Desechad, señora, tal idea de vuestra mente.

REINA.—Ya ves que ahora Felipe se muestra conmigo más solícito que nunca, y permanece largo tiempo a mi lado. Que no mira al capitán con buenos ojos es indudable; algo habrá conocido. ¡Si por este medio recabara su amor!

DOÑA ELVIRA.—Creedme: estáis cometiendo una imprudencia.

REINA.—¡Qué prudentes sois los dichosos! A no serlo me autoriza mi desgracia, y el noble fin que me propongo harto me sirve de disculpa. Estímase doblemente un bien si tememos perderle. Tema Felipe, que siempre ha confiado. Lo que no conseguí padeciendo por él, quizá mortificando su vanidad lo consiga. Desamaríale si pudiese: no puedo, ni debo. No es únicamente mi esposo; es también el padre de mis hijos. No sólo para mí trato de ganarme su corazón, sino también para los hijos de mis entrañas.

DOÑA ELVIRA.—Con todo, si don Álvar interpretase
indebidamente vuestras afectuosas demostraciones...

REINA.—Así quizá las interpretaría un cortesano;
él, ni por pienso: la vida de los campamentos no per-
vierte el corazón como la vida de los palacios. Para el
buen don Álvar no soy una mujer; no soy más que la
reina. ¡Inspirar celos a Felipe! ¡Ventura envidiable la
mía si tanto lograse! ¡Qué quieres! Adoro a mi marido; es desgracia que no tiene remedio. Mucho me ofendió; no importa: todo se lo perdono con tal de que
no me engañe otra vez. ¿Cuándo piensas que volverá
Hernán?

DOÑA ELVIRA.—Hoy le aguardo.

REINA.—Ya siento haberle enviado a ese maldito
mesón. Sin causa temí que el rey hubiese traído esa
mujer a Burgos. Ahora apenas sale de palacio, y no
sale nunca sin que yo sepa después adónde ha ido. Lo
conozco; soy extremadamente celosa. Hernán —no cabe
duda— habrá encontrado allí a esa Aldara, que tanto
daño me causó.

DOÑA ELVIRA.—Verla debisteis, ya que por ella fui-
mos a la posada.

REINA.—¿Cuándo? Con Felipe abandonamos aquel sitio no bien don Álvar acudió a defenderme.

DOÑA ELVIRA.—Don Álvar, que desnudó contra el
rey su acero.

REINA.—Ignorando quien fuese. El rey le perdonó,
y le admite en palacio.

DOÑA ELVIRA.—Pero tiene ya contra él motivos de
resentimiento. En grave riesgo ponéis al capitán haciendo que su alteza sospeche...

REINA.—Oh, a ser preciso descubriría yo la verdad.
¿Y doña Beatriz? ¿Cómo es que todavía no ha venido
a saludarme?

DOÑA ELVIRA.—¿Por qué os habéis aficionado tan pronto a esa dama?

REINA.—¡Qué sé yo! Miento; lo sé: rubor me cuesta confesártelo. La aprecio porque estoy segura de que no amará nunca a mi esposo.

DOÑA ELVIRA.—(¿Me habré equivocado?)

REINA.—(*Asomándose a un ajimez.*) Mira cómo por allí se pasea meditabundo don Álvar. En su Gran Capitán estará pensando, que nunca se le cae de la boca.

ESCENA IV

DICHAS y ALDARA; *después el* REY

ALDARA.—(*Colocándose detrás de la reina, y mirando como ella por la ventana.*) (¿Qué mirará con tanta atención? ¡Oh! ¡A él le mira, a él?)

REINA.—Os vemos, por fin, esta mañana, señora.

ALDARA.—¿Cómo ha pasado vuestra alteza la noche?

REINA.—Bien: muy bien. ¿Y vos? ¡Me parece que estáis algo pálida! ¿Os sentís mal?

ALDARA.—No, señora.

REINA.—Después de Elvira, sois de todas mis damas la que yo más estimo, y cualquiera dolencia vuestra me afligiría mucho.

ALDARA.—¡Cuánta bondad!

REINA.—Y sin embargo, la ninguna voluntad que mostráis a mi esposo debiera enajenaros la mía.

ALDARA.—¿Vuestra alteza supone?...

REINA.—¡Si creeréis que no lo he notado!

ALDARA.—Perdonad si mi tibieza... Procuraré enmendarme.

REINA.—(*Reprimiéndose.*) Oh, no, al contrario... Os perdono, os perdono.

DOÑA ELVIRA.—*(Bajo a la reina.)* (Su alteza, señora.)

REINA.—*(Se acerca de nuevo al ajimez. Doña Elvira la sigue.)* (¡Ah! Ven.)

ALDARA.—(Vuelve a la ventana.)

REY.—*(Con vehemencia, saliendo de su habitación.)* ¿Aquí estabais?

ALDARA.—*(Señalando hacia donde está la reina.)* Reparad...

REY.—(¡Ah! La reina.)

REINA.—Es dechado de nobles y valerosos caballeros.

REY.—*(Acercándose a ella.)* ¿A quién se dirigen tales alabanzas?

REINA.—*(Fingiendo sobresalto.)* ¿Sois vos?

ALDARA.—(Se turba.)

REY.—*(Mirando también hacia dentro.)* ¿A don Álvar se dirigen acaso?

REINA.—*(Retirándose.)* Ciertamente, a don Álvar.

REY.—¿Os vais?

REINA.—Si no disponéis otra cosa...

REY.—No os detengo.

REINA.—*(A doña Elvira, al irse con ella.)* (Paréceme que no finjo mal.)

ESCENA V

El REY *y* ALDARA

REY.—¡Cambio más peregrino! Dijérase que doña Juana esquiva ahora mi presencia.

ALDARA.—¿Eso habéis reparado?

REY.—Hace días.

ALDARA.—(¡Cruel certidumbre!)

REY.—Pocos instantes puedo permanecer aquí: mi Consejo me espera. Una palabra de cariño, por favor.

ALDARA.—¿Cuándo partirá la reina?

REY.—¡Qué mal me pagáis! En vano suplico, me desespero en vano; a un tiempo crecen mi pasión y vuestro desvío.

ALDARA.—¿Cuándo partirá la reina?

REY.—Pronto; de eso vamos a tratar en el Consejo. Pero, ¿es posible que tengáis celos de doña Juana?

ALDARA.—¿Qué si tengo celos de doña Juana? Sí; tengo celos de vuestra esposa.

REY.—Luego, ¿tanto me amáis?

ALDARA.—Amo, amo, a pesar mío.

REY.—¿A pesar vuestro, ingrata? Pues ¿qué no hice yo para merecer vuestro amor? Quisisteis venir a palacio, ser dama de la reina: ya está cumplido vuestro anhelo. Por vos, antes de lo que fuera oportuno, voy a realizar mi designio de alejarla para siempre de mi lado. Os amo, y no me prevalí todavía del derecho que me da vuestro afecto, ni del poder que me da mi corona. Hablad; decidme vuestro nombre; yo haré que al punto recobre su esplendor primitivo si, como induce a suponerlo vuestra tenaz reserva, alguna mancha le deslustra. No hay mancha que no lave la gracia del rey. Rey de España es quien os adora rendido. Cien y cien Estados escucharán de rodillas la palabra de vuestra boca; por satisfacer los deseos de vuestro corazón seres innumerables se agitarán en toda la Tierra.

ALDARA.—Temo que también, como la reina, hayáis perdido el juicio.

REY.—Celos tengo también como ella, celos de cuantos miro a vuestro lado; y sobre todo ese hombre que en el mismo mesón que vos habitaba, de ese hombre que osó desnudar contra mí su acero, y por el cual la reina y vos a una habéis intercedido.

ALDARA.—Señor, me prometisteis no tener celos de ese hombre.

REY.—Vos me asegurasteis que no piensa en vos,
que suspira por otra.

ALDARA.—Y de nuevo os lo aseguro. ¿Estáis satisfecho?

REY.—Perdonadme, Aldara; tiemblo, dudo; porque
me parece imposible que haya quien os vea y no os ame.

ALDARA.—Recordad que os aguardan.

REY.—¿Me amáis?

ALDARA.—¿A qué repetirlo?

REY.—¿Y cuándo me daréis una prueba de vuestro
amor?

ALDARA.—Haced que parta pronto la reina.

REY.—Hasta luego, bien mío; no tardaré. *(Vase.)*

ESCENA VI

ALDARA, *y a poco* DON ÁLVAR

ALDARA.—¡Y decía la pérfida que amaba a su marido! ¡Qué pronto le olvidó! Las hijas del Profeta sí
que sabemos amar y aborrecer.

DON ÁLVAR.—*(Saliendo por el foro.)* Os buscaba,
señora.

ALDARA.—Hablad.

DON ÁLVAR.—Hora es ya de que medie una explicación entre nosotros. ¿Qué hacéis aquí?

ALDARA.—Vengarme.

DON ÁLVAR.—¿De quién?

ALDARA.—De la reina.

DON ÁLVAR.—Que el rey trata de encerrarla en un
castillo acabo de oír. ¿Qué seguridad tenéis de que yo
la ame?

ALDARA.—¿Y quién piensa en vos? En una hija de
la reina Isabel vengo a mi padre; en una reina cristiana vengo a mi raza entera.

Don Álvar.—Revelaré a doña Juana vuestro designio.

Aldara.—Eso acelerará su ruina.

Don Álvar.—¡Oh señora! Si es cierto que alguna vez me habéis amado, desistid de tan inicuo propósito. Huid de este palacio, donde solamente ignominia podéis hallar.

Aldara.—Para nada os curéis de mí, caballero. Ni el rey ha vencido ni vencerá nunca mi fortaleza.

Don Álvar.—¿Y a qué disfrazar con apariencias engañosas la nobleza de vuestro carácter? Si un día pudisteis dar entrada al rencor en vuestro pecho, tiempo ha que para siempre quedó en él borrado por otros sentimientos más puros.

Aldara.—En vos amaba a un cristiano; por vos los hubiera amado a todos, renunciando a mi dios y adorando en el vuestro.

Don Álvar.—Pues considerad, por lo que a vos os mortifica una vana imaginación, cuánto padecerá esa desdichada reina si al fin descubre la perfidia del hombre a quien ciega idolatra.

Aldara.—¿También vos queréis hacerme creer que la reina está enamorada de su marido?

Don Álvar.—¿Quién sino vos lo niega? Abrid los ojos a la luz, sed piadosa. Creo lo que decís; creo que aún sois digna de estimación. Pues bien, huyamos juntos; convertíos a la fe del Salvador, y ¿qué más?, seré vuestro esposo. Mañana mismo huiremos de aquí; hoy, sin tardanza, al punto.

Aldara.—Pero ¿no veis, insensato, que cada una de vuestras palabras es hierro encendido que se me clava en el corazón? ¿Qué hacéis sino probarme el inmenso amor que la reina os inspira? Por ella se anublan vuestros ojos; por ella vuestra altivez desmaya; por ella consentís en ser esposo de tan infame criatura como yo.

Dierais contento, por evitarle el menor disgusto, vuestra espada de soldado, vuestro honor de caballero, vuestra sangre, vuestra vida. ¡Todo por ella! ¿Y probándome esto queréis aplacarme? ¿Qué hizo esa mujer? ¿Cómo logró ser tan querida? Y yo... yo que os adoro... ¡Callad; idos; dejadme! ¡Silencio! ¡Ay de mi enemiga! ¡Ay de vos! ¡Ay de mí!

DON ÁLVAR.—¡La reina!

ESCENA VII

DICHOS *y la* REINA; *después el* REY

REINA.—¿Por qué no habéis ido a buscarme, Beatriz? ¿Os ha entretenido acaso vuestro pariente don Juan Manuel?

ALDARA.—*(Procurando ocultar su agitación.)* No; ahora iba a buscar a vuestra alteza.

REINA.—Guárdeos el cielo, don Álvar.

DON ÁLVAR.—Si vuestra alteza me da su permiso...

REINA.—¿Por qué os retiráis? Grata me es la presencia de mis leales servidores.

ALDARA.—(Adrede me insulta.)

REINA.—He oído decir que en el juego de ajedrez sois invencible. Veamos vuestra habilidad. *(Sentándose cerca de la mesa colocada a la izquierda del proscenio, y en la cual habrá un juego de ajedrez.)*

DON ÁLVAR.—Señora...

REINA.—No admito disculpa. Venid: sentaos.

ALDARA.—(¡Qué humillación!)

DON ÁLVAR.—*(Sentándose.)* (¡Qué funesta casualidad!)

ALDARA.—*(Viéndole aparecer.)* (¡Ah, el rey!)

REINA.—*(Empieza a jugar.)* (Le esperaba.)

REY.—Pláceme, doña Juana, que así honréis al capitán.

DON ÁLVAR.—Señor, la merced que la reina me otorga...

REINA.—Es muy merecida: la nobleza de vuestra cuna os autoriza a estar a mi lado; la de vuestro corazón os hace acreedor a mis bondades. El que es amigo del Gran Capitán debe serlo nuestro.

REY.—*(Observando el juego.)* Mal empezáis, don Álvar.

REINA.—Está muy turbado, y hace además por que yo gane.

REY.—*(Acercándose a Aldara, que está de pie en el extremo opuesto del escenario.)* No me esperaba esta ventura.

ALDARA.—Hablemos, señor, hablemos de nuestro mutuo cariño.

REY.—Ved; felizmente ni siquiera repara en mí doña Juana.

ALDARA.—*(Siguen hablando en voz baja.)* (En otro pone su atención.)

REINA.—Cuéntase, capitán, que en la batalla de Cerinola hicisteis prodigios de valor, y os visteis cara a cara con el mismo duque de Nemours.

DON ÁLVAR.—¡Bravo caudillo! Nada menos que la espada del Gran Capitán se necesitaba para vencerle.

ALDARA.—¿Qué se ha decidido en el Consejo?

REY.—La reclusión de doña Juana; es cosa resuelta.

DON ÁLVAR.—(Temo por la reina... ¿Qué debo hacer?)

REINA.—Distraído estáis, don Álvar.

DON ÁLVAR.—*(Siguen jugando.)* Perdonad.

REY.—Concededme la entrevista que os pido.

ALDARA.—*(Sin apartar los ojos de la mesa en donde están la reina y don Álvar.)* (¡Le mira, le mira!)

REINA.—(Yo le haré que sospeche.)

Rey.—¿No me oís, Aldara?

Aldara.—¿Cómo no, señor?... (¡Y él será tan dichoso en este momento!)

Rey.—Tenéis clavados los ojos en el capitán.

Reina.—*(Por el rey.)* (Mira hacia aquí.)

Aldara.—Bien hacíais en estar celoso de don Álvar.

Rey.—¿Os burláis?

Aldara.—No a fe; con motivo recelabais.

Rey.—¿Sabéis, señora, que no tendría piedad con él ni con vos tampoco?

Reina.—*(Observando al rey.)* (Inquieto está; habla acaloradamente.)

Don Álvar.—*(Observando a Aldara.)* (Algo trama: esa mujer es capaz de todo.)

Aldara.—Yo ni remotamente me figuraba... Pero es lo cierto que me amaba en secreto y que hoy me ha declarado su amor.

Rey.—*(En voz alta y dando un paso hacia donde está don Álvar sin poder contenerse.)* ¡Vive Cristo!

Reina.—*(Levantándose.)* ¡Oh! ¿Qué tenéis?

Aldara.—(Reportaos.)

Rey.—Nada, no es nada; continuad vuestro juego.

Reina.—*(Con alegría, y vuelve a sentarse.)* (¡Qué miradas lanza al capitán! ¿Estará ya celoso?)

Don Álvar.—(Procura perderme.)

Aldara.—Nada de escándalos, señor. Buscad un pretexto de enojo contra él, y enviadle otra vez a Italia.

Rey.—*(Acércase a la mesa, y observa el juego.)* Ahora mismo.

Aldara.—(Ella aquí, él en Italia, y aún no me parece que estarán bastante separados, ni yo vengada como deseo.)

Rey.—¿Cómo es eso, don Álvar, a dar mate al rey aspiráis nada menos?

Reina.—Creo que aún le tengo seguro.

REY.—Por lo visto, los soldados del Gran Capitán de manera ninguna quieren dejarse vencer. Y a propósito del Gran Capitán, ¡lástima es que tan hábil guerrero peque de avariento y ambicioso!

DON ÁLVAR.—¿Quién lo asegura?

REY.—Sus famosas cuentas prueban que no le era posible darlas de los caudales que a Italia se le habían enviado.

DON ÁLVAR.—Prueban que un soldado como él, no ha de dar cuentas a sus reyes con la pluma, sino con la espada.

REINA.—(Quiere irritarle.)

REY.—Que es ambicioso, claramente lo dice su proyecto de hacerse rey en el territorio conquistado.

DON ÁLVAR.—*(Levantándose.)* Al rey don Fernando de Castilla pertenecía ese territorio: mintió quien acusase de traidor a Gonzalo de Córdoba.

REY.—¡Vive Dios! ¿Que miento decís? *(Levántase la reina.)*

DON ÁLVAR.—No se dirigen a vuestra alteza mis palabras.

REY.—He aquí lo que se logra con fijar una mirada de benevolencia en estos audaces aventureros.

DON ÁLVAR.—(¡Delante de ella!)

REY.—Porque nos hemos dignado tenderle una mano protectora y honrarle con nuestra confianza, ya se atreve a desmentirnos, a insultarnos públicamente.

DON ÁLVAR.—(¡Mujer inicua!)

REINA.—(¡Pobre capitán!)

ALDARA.—(Aún no padece como yo.)

DON ÁLVAR.—Señor...

REY.—Silencio. Tres días os doy de término para que salgáis de Burgos. Volveréis a Italia a pedir al Gran Capitán el precio de las buenas ausencias que os debe.

REINA.—*(Con gran satisfacción.)* (Le aleja de mí.)

DON ÁLVAR.—Saldré de Burgos dentro de tres días; sufriré mi destierro. No pediré a Gonzalo de Córdoba un salario por lo que en su pro he dicho a vuestra alteza, que harto, honrando a quien lo merece, se honra uno a sí propio. Aventurero me habéis llamado: razón tenéis. A cuchilladas están escritas en todo mi cuerpo mis aventuras por mano de moros y franceses. Vuestros beneficios me habéis echado en cara; yo, sin embargo, los agradezco, y para pagarlos dignamente juzgo poco mi vida. Colme Dios la vuestra de felicidades, señor. Adelánteos a vos, señora, en la Tierra, alguna de las que en el cielo os aguardan. *(Vase.)*

ALDARA.—(Para mí ni un insulto, ni una mirada de desprecio.)

REINA.—Habéis sido injusto, señor; permitidme que en vuestro nombre le perdone.

REY.—Harto hice con perdonarle la vida.

REINA.—Acceded a mis ruegos. Rogadle vos también, Beatriz.

REY.—Todo será en vano: sabéis cuál es mi voluntad. *(Vase.)*

REINA.—La cólera del rey debe tener otro motivo. Con intención ha ofendido a Gonzalo de Córdoba delante de don Álvar. ¿Qué pensáis vos, Beatriz?

ALDARA.—*(Con pérfida intención.)* Presumo que el rey está celoso.

REINA.—¿Vos también lo habéis conocido? Yo me lo temía.

ALDARA.—(¡Cree ser la causa! ¿Qué prueba mayor?)

REINA.—Menester es que le desengañe.

ALDARA.—(¡Cómo se vende! Bien hice: que parta.) *(Vase.)*

ESCENA VIII

La REINA y DOÑA ELVIRA, a poco HERNÁN, y después
un PAJE

REINA.—Ven, Elvira, ven y abraza a tu reina. Mírame. ¿No te parezco otra? ¿No te anuncian mis ojos, mi voz, que mi esposo me ama? ¿Qué te decía yo? Ha desterrado al capitán para alejarle de mí. ¡Pobre capitán! Será preciso resarcirle de esta mala ventura. ¡Dios eterno, y yo te pedí algunas veces la muerte! ¡Cómo desconfié tan pronto de tu justicia! Sí, Elvira, sí; está furioso; tiene celos; ¡celos que yo le inspiro! ¡Ves qué felicidad tan grande!

DOÑA ELVIRA.—¿Luego nada hay ya que temer?

REINA.—Nada.

DOÑA ELVIRA.—Pues venía a anunciaros el regreso de Hernán; aquí llega.

REINA.—Inútilmente ha viajado.

DOÑA ELVIRA.—Le diré que se retire.

HERNÁN.—¿Vuestra alteza me da su venia?

REINA.—Sí, acércate. ¿Vuelves ahora del mesón adonde te envié? ¿Y qué? Allí habrás visto a la mujer cuyo paradero debías indagar. Bien, nada más quiero saber. Recompensaré tus servicios. Vete, déjanos.

HERNÁN.—La mujer que allí pasaba por sobrina del mesonero, y que, según éste afirma, debía de ser alguna dama principal, no está ya en el mesón, como vuestra alteza supone.

REINA.—¿Que era dama principal? ¿Que no está ya en aquel sitio? ¿Pues dónde? Tú lo habrás averiguado.

HERNÁN.—Vínose a Burgos tan luego como recibió una carta en respuesta a otra suya que un mozo del

mesón había traído a esta ciudad con cargo de hacer
que secretamente llegara a manos del rey.

REINA.—¡Ha escrito al rey! ¿Oyes, Elvira?

DOÑA ELVIRA.—¿Quién sabe con qué objeto?

REINA.—*(A doña Elvira, llevándosela aparte.)* Imposible es que yo goce un día entero de tranquilidad.
Aldara en Burgos... Una carta suya para el rey... ¿Con-
servará aún Felipe esa carta? Él es muy aficionado a
conservar estas cosas. No hay mueble en su cuarto que
yo no conozca y pueda abrir. A estar el papel en alguno
de ellos... *(Un paje se presenta en la puerta del foro.)*

PAJE.—El almirante y otros señores que le acompa-
ñan piden audiencia.

REINA.—Ahora no; que vengan después; dentro de
un rato. *(Vase el paje.)* En probar, ¿qué pierdo? *(Dirigiéndose al cuarto del rey.)*

DOÑA ELVIRA.—¿Qué vais a hacer, señora?

REINA.—¿Quieres que no haga nada, que así me esté?
Muchas veces engañan las apariencias. Verás cómo no
encuentro carta ninguna. ¡Si la hallase!... ¡Si la hallase!... *(Éntrase en el cuarto de don Felipe.)*

ESCENA IX

DOÑA ELVIRA y HERNÁN

DOÑA ELVIRA.—¿Es cierto lo que has dicho a la reina?

HERNÁN.—Dije lo que a mí me dijeron. Y a fe que
no me costó poco trabajo averiguar... Mas el oro todo
lo allana...

DOÑA ELVIRA.—A nadie cuentes lo que has hecho.

HERNÁN.—No temáis, no cometeré ninguna imprudencia.

DOÑA ELVIRA.—Origen puede ser la más leve de grandes males.

HERNÁN.—Tengo probada mi lealtad, doña Elvira.

DOÑA ELVIRA.—Sé que eres adicto a la reina.

HERNÁN.—Por deber y por inclinación, que es mi señora un ángel del cielo. En palacio vuelve a asegurarse que ha perdido el juicio.

DOÑA ELVIRA.—Silencio; si te oyera, ese golpe la mataría.

HERNÁN.—Mejor fuera hacerle conocer de una vez al señor rey don Felipe.

DOÑA ELVIRA.—Retírate.

HERNÁN.—*(Mirando hacia la puerta del cuarto del rey.)* ¡Cómo viene!

DOÑA ELVIRA.—Retírate, Hernán. *(Vase Hernán por el foro.)*

ESCENA X

La REINA y DOÑA ELVIRA

REINA.—No me había engañado; mira la carta de esa mujer. Derecha fui adonde estaba.

DOÑA ELVIRA.—¿Será posible?

REINA.—He querido leerla. Mis ojos se han clavado en ella, pero nada han visto.

DOÑA ELVIRA.—No la leáis.

REINA.—¿Que no la lea? ¡Dios mío! Tú no has amado nunca; nunca has estado celosa; no tienes corazon. ¿Que no la lea? ¿Para qué la he buscado entonces? Mira, mira cómo te obedezco. *(Leyendo.)* «Señor: que yo sería dama de la reina, en cuanto os lo pidiese, me fue concedido por vos. Quien del palacio, buscándome solícito, descendió a la posada, súbame hoy de la posada al palacio. La dama del mesón.» Y el rey contestó... Y

esa mujer está aquí... Y porque ella está ahora a mi
lado, estaba ahora siempre a mi lado Felipe... ¿Lo en-
tiendes ya? No, no lo creo... No lo quiero creer.

DOÑA ELVIRA.—Sosegaos, señora.

REINA.—Parece que no sabes decir más que eso. ¿No
oyes que está aquí? ¿No oyes que me la ha traído a
mi propia casa? Por fuerza ese hombre ha olvidado que
yo aquí soy la reina; que ni él mismo se librará de mi
furor. ¡Y supuse que me amaba, que tenía celos de mí!
¿Hay simpleza como la de una mujer enamorada? ¡Qué
bien se habrá reído a mi costa! De ambos debo tomar
venganza. ¿Por cuál empezaré?... Una venganza que
no desmerezca del agravio. Corre; llama al rey... No:
escucha... *(Deteniéndola.)* Antes conviene... Vamos, vamos..., si no me tranquilizo, no haremos cosa de provecho. Maldito corazón, que jamás ha de obedecer... Sí;
ya estoy tranquila... Conviene... ¿Qué te decía yo?...

DOÑA ELVIRA.—(Acabarán con su razón y con su
vida.)

REINA.—*(Como recordando.)* Conviene... ¡Ah! Conviene descubrir cuál de mis damas es la amiga del rey.
Casi todas aquí en Burgos han entrado a servirme...
Esta carta me pone en camino de dar con ella. Haciendo que todas escriban delante de mí..., cotejando las
letras... Ya ves que aún puedo discurrir. Anda, corre;
que al punto vengan a esta cámara, al punto... *(Deteniéndola otra vez.)* Dime: lo que esa mujer ha hecho es
un crimen. Debe haber alguna ley que castigue estos
delitos; debe haberla. ¿No es cierto? Seguramente que
la habrá en un país donde mandan mujeres. Y si no la
hay, yo la haré. ¿No soy la reina? Para algo ha de ser-
virle a una ser soberana de un reino compuesto de
muchos, y de un nuevo mundo además. Se han burlado
de la mujer virtuosa y amante. ¡Por Cristo que se van
a llevar chasco muy solemne cuando la vean convertirse

en reina vengativa! *(A doña Elvira que hace ademán
de ir a hablar.)* ¿Qué me vas a decir? ¿Otro desatino?
Calla; no quiero oírle. Vuela: trae a todas mis damas.
¡Ay de ti si me vendes!... *(Viendo aparecer en el foro
al almirante y los grandes.)* ¿Quién viene? ¿Qué hombres son ésos?

Doña Elvira.—Son los Grandes que desean hablaros. *(Vase por la izquierda.)*

Reina.—*(Cambiando repentinamente de tono.)* ¡Ah,
sí, ya me acuerdo! Adelante, señores, adelante, y seáis
bien venidos.

ESCENA XI

La Reina, el Almirante, Don Juan Manuel, el Marqués de Villena, Filiberto de Vere y Nobles; *después*
Doña Elvira y damas de la Reina

Almirante.—*(A los que con él vienen, que se colocan en el lado derecho del escenario.)* Veremos si está
loca. *(Acercándose a la reina.)* Penoso deber nos conduce, señora, a vuestra presencia.

Reina.—Pues, ¿qué ocurre?

Almirante.—Grandes males amenazan a todo el reino, y sólo vuestra alteza puede evitarlos.

Reina.—Hablad; mi madre me legó por herencia el
amor que tuvo a su pueblo.

Almirante.—*(A los nobles, con íntima satisfacción.)*
¿Oís? *(A la reina.)* Intervenid en la gobernación de
vuestros Estados si no queréis presenciar su ruina.
Vos sois la reina propietaria.

Reina.—¿Verdad que sí? Yo soy la reina, la única
señora.

Almirante.—¿Y a qué callarlo? El rey abusa de la
ternura que como fiel esposa le tributáis.

REINA.—Decís bien, almirante; el rey es el más inicuo de todos los hombres.

ALMIRANTE.—*(Sorprendido y titubeando.)* No he dicho eso, señora.

REINA.—Lo digo yo; es igual.

ALMIRANTE.—(¡Cielos!)

*(Rumores de extrañeza. Sonrisas maliciosas de don
Juan Manuel, el marqués de Villena y Filiberto de
Vere.)*

REINA.—(¡Cuándo acabarán de venir!)

ALMIRANTE.—Los flamencos saquean y tiranizan a
Castilla. El rey exige el servicio otorgado en Valladolid; y el hambre, en tanto, hace estragos terribles en
vuestro pueblo.

REINA.—¿Conque mi pueblo tiene hambre? ¿Y los
flamencos se enriquecen? ¿Y el rey?... *(Viendo entrar
a Elvira seguida de sus damas. Quédanse éstas en el
lado izquierdo.)* ¡Ah! Por fin. *(A Elvira.)* ¿Vienen
todas?

DOÑA ELVIRA.—Doña Beatriz no estaba en su aposento; ya he mandado buscarla.

REINA.—(¿Cuál de éstas será?) Señora de Javalquin-
to, escribid aquí cualquier cosa.

*(La dama a quien se dirige la reina acércase a la
mesa y escribe.)*

ALMIRANTE.—*(Como queriendo fijar la atención de
la reina en lo que él le dice.)* No me oye vuestra alteza,
y de esta conferencia depende quizá la suerte futura
del reino.

REINA.—Sí, os escucho; decíamos que los flamencos...
Podéis seguir.

ALMIRANTE.—Pues bien, señora...

REINA.—*(Acercándose de nuevo a la mesa y compa-
rando furtivamente lo escrito por su dama con la carta*

de Aldara.) No es ésta. *(A otra que también se pone
a escribir.)* Condesa, vos ahora.

ALMIRANTE.—¿Tanto os importa conocer la letra de
esas damas?

REINA.—¿Que si me importa? Nada me importa
tanto.

ALMIRANTE.—¿Ni la salvación de un reino?

REINA.—Ni la salvación de un reino. Tampoco. *(Repitiendo el juego anterior.)* Vos, Leonor.

(Otra dama escribe también.)

MARQUÉS.—*(Hablando con los nobles.)* Capricho más
extravagante.

DON JUAN MANUEL.—*(Al almirante.)* ¿Os vais convenciendo?

NOBLE 1.º—No hay duda, señor almirante: la reina
desvaría.

ALMIRANTE.—*(A la reina, con gran vehemencia.)* Señora, prestad atención a mis palabras. Hay quien duda
de vuestra aptitud para reinar, y es preciso que hagáis
por que nadie lo dude.

REINA.—Haré luego todo lo que queráis. *(Repitiendo
otra vez el mismo juego.)* Tampoco, tampoco. Escribid
todas. *(Escriben algunas más.)*

ALMIRANTE.—Ved que España entera está a punto
de sublevarse.

REINA.—Que se subleve; ya es hora de que nos teman los austriacos.

ALMIRANTE.—Y el rey... el rey es vuestro mayor enemigo: conspira contra vos. ¡Si supieseis!...

*(Los partidarios del rey dan señales de indignación y
enojo contra el almirante, cuya audacia sorprende a
todos igualmente.)*

REINA.—Lo sé. *(Bajo, al almirante.)* ¿La conocéis,
por ventura? ¿Cuál de éstas es?

ALMIRANTE.—(¿Qué dice?) No entiendo a vuestra alteza.

REINA.—Entonces yo estoy mucho mejor enterada. *(Volviendo a ver la letra de las damas a quienes últimamente se dirigió, y reparando en algunas que no han escrito.)* Y vosotras, ¿por qué no escribís?

DAMA 1.ª—Porque no sabemos.

REINA.—(¿Será alguna de éstas? ¿Habrá conocido mi intención la culpable?) ¿Que no sabéis escribir?... Falso, señores; ¿no es cierto que estas damas saben escribir?

DAMA 1.ª—La verdad dijimos a vuestra alteza.

REINA.—(Pues no hay remedio; alguna ha fingido la letra.) Leonor, venid acá. Miradme cara a cara.

(Trae al proscenio a esta dama y la mira, poniéndola una mano en la frente.)

DON JUAN MANUEL.—¿Más loca la queréis?

REINA.—(Esta no se turba.) Condesa *(Dirigiéndose a otra.)*, ¿qué noticias tenéis del mesón?

DAMA 2.ª—¿De qué mesón, señora?

REINA.—(¿Y no he de dar con ella?) ¿Ninguno de vosotros *(A los nobles, bajo.)* sabe si alguna de estas damas ha vivido en un mesón hace poco?

(Todos contestan con una señal negativa. La reina se aleja llena de despecho.)

ALMIRANTE.—*(A algunos que se ríen.)* Caballeros, respetad su desgracia.

REINA.—¡Oh, todos sois traidores, y vosotras todas me engañáis! Salid; *(A doña Elvira, que se le acerca.)* sal, Elvira.

DON JUAN MANUEL.—*(Al almirante.)* ¿Dudáis aún?

ALMIRANTE.—¿Qué significa esto?

NOBLE 1.º—Loca está, señor almirante.

NOBLES.—¡Está loca!

(Vanse todos, excepto la reina.)

REINA.—Don Álvar la conoce. ¡Hola! Yo sabré obligarle a que me diga la verdad. *(A Hernán, que sale.)* Al capitán don Álvar, que aquí le espero. Si ya no estuviese en palacio, corre en su busca. *(Vase Hernán.)*

ESCENA XII

La REINA; *a poco* DON ÁLVAR; *luego* ALDARA

REINA.—Beatriz es la única que no ha escrito. Va a venir; escribirá también. ¿Será ella? ¿Tenerla aquí entre mis manos y no saber cuál es? En Flandes me di por satisfecha cortando a mi rival los rizos encantadores que tanto habían agradado a mi esposo. Más necesitaría hoy para satisfacerme. ¡Oh, malditas grandezas humanas! ¡Por qué no nací pobre y humilde! Ni el más ruin labriego me hubiera ultrajado de esta suerte. Sólo un rey es capaz de poner bajo el mismo techo a su esposa y a su manceba. ¡Dios mío, si este premio alcanzara la virtud en la Tierra, grande debe ser en el cielo tu misericordia con los malos!

DON ÁLVAR.—¿Me habéis mandado llamar?

REINA.—Sí, para deciros que sois un traidor.

DON ÁLVAR.—¡Señora!...

REINA.—La dama del mesón está aquí, en palacio. Vos, como todos, me engañabais. No abráis la boca para mentir de nuevo: mirad esta carta.

DON ÁLVAR.—(¡Su letra es!)

REINA.—¿Por qué no me habéis dicho la verdad?

DON ÁLVAR.—Disponed de mi vida. La muerte ambiciono.

REINA.—En vuestra vida pienso yo ahora. ¿Qué me importa a mí vuestra vida? Todo lo habéis remediado ya con ofrecerme vuestra vida.

DON ÁLVAR.—¿Sabe esa mujer que está descubierta?

REINA.—Aún lo ignora: va a saberlo al instante.

DON ÁLVAR.—Yo la veré, yo la obligaré a partir.

REINA.—¡Partir! ¿He dispuesto yo que parta, por ventura?

DON ÁLVAR.—Desistid, señora, de todo propósito que hayáis formado; no veáis a esa mujer; confiadme el encargo de hacerla abandonar este sitio.

REINA.—(¡Y no la descubre!)

DON ÁLVAR.—*(Cayendo a sus plantas.)* Por la memoria de vuestra madre, por la vida de vuestros hijos, os lo ruego.

REINA.—(¡Y no la descubre!)

DON ÁLVAR.—¿Qué resolvéis?

REINA.—Vengarme, capitán; vengarme.

ALDARA.—*(Saliendo por el foro.)* ¡A sus pies!

DON ÁLVAR.—¡Oh! *(Viéndola y levantándose.)* ¡Qué fatalidad!

REINA.—¡Cómo!

(Volviendo el rostro y viendo también a Aldara.)

DON ÁLVAR.—Evitad un escándalo.

REINA.—¿Conque era ésa, era ésa?

DON ÁLVAR.—¿Lo ignorabais?

REINA.—Vos me lo habéis dicho.

DON ÁLVAR.—¡Yo!

REINA.—Dejadme.

DON ÁLVAR.—¡Por piedad!

REINA.—¡Fuego de Dios! Salid.

DON ÁLVAR.—(¿Qué va a suceder?) *(Vase por el foro.)*

ESCENA XIII

La REINA y ALDARA

REINA.—*(Corriendo hacia Aldara y mostrándole el papel.)* ¿Es vuestra esta carta?

ALDARA.—(Me ha vendido.)

REINA.—Contestad.

ALDARA.—Mía es.

REINA.—¿Vuestra? Franca sois a lo menos. Pero qué, ¿aún no estáis pidiéndome perdón? ¿Aún no estáis de rodillas delante de vuestra reina? *(Asiendo de un brazo a Aldara y queriendo obligarla a arrodillarse.)* ¡De rodillas!

ALDARA.—*(Resistiéndose.)* No todo el mundo se ha de prosternar hoy ante vos.

REINA.—¿Estoy soñando? ¿Qué dice esta mujer? Si creo que me desafía.

ALDARA.—Hija de reyes sois; yo también.

REINA.—¿Tú?

ALDARA.—Me aborrecéis porque vuestro esposo me ama; os aborrezco porque amáis al que amo; porque adoráis en Jesús y yo en el Profeta; porque sois hija de la reina Isabel y yo de Muley Audalla, el rey Zagal: yo sí que os aborrezco.

REINA.—¿Que naciste infiel, enemiga de mi Dios? No cabe mayor ignominia en ti, ni mayor vileza en él; ni puede ser más ofendida una reina cristiana. ¿Y lo dices? ¿Ya no mientes? ¿Ya no me engañas? ¡Oh! Mal hizo la pantera del desierto en ponerse frente a frente de la leona de Castilla.

ALDARA.—Leona de Castilla, la pantera del desierto te ha vencido esta vez.

REINA.—Pero ¿no conoces que por tu imprudencia es
mayor tu crimen, y tendrá que ser mayor tu castigo?
Castigada estarías si yo hubiese elegido manera de
castigarte; pero todo cuanto imagino, todo es poco,
muy poco. ¡Oh, qué felices son los hombres! Cuando
uno se cree injuriado, cuando tiene un rival, corre en
su busca; y allí donde le encuentra, allí, sin más tardanza, le insulta, allí le arroja un guante a la cara. Y
si hay gente que presencie el agravio, mil veces mejor.
Y luego, cuerpo a cuerpo, con una buena espada, pelea;
pelea, y muere o mata. ¡Esto sí que es vengarse! Así,
así, así, no de otra manera, quisiera yo vengarme de
esta mujer.

ALDARA.—Y yo de vos.

REINA.—¿De veras? Pues aguarda, aguarda.

(Éntrase en la habitación del rey aceleradamente.)

ESCENA XIV

ALDARA, *sola; dos* PAJES, *en seguida; a poco,* DON ÁL-
VAR; *después la* REINA; *luego el* REY, *el* ALMIRANTE,
MARLIANO, DON JUAN MANUEL, *el* MARQUÉS DE VILLENA,
FILIBERTO DE VERE, NOBLES, MÉDICOS, DAMAS *y* PAJES.

ALDARA.—*(Asomándose a la puerta del foro.)* ¡Hola,
pajes, hola; pronto, acudid!

PAJE.—*(Apareciendo con otro.)* ¿Qué mandáis?

ALDARA.—La reina, dominada de su locura, quiere
matarme; está furiosa. Corred, avisad al rey, llamad
gente. *(Vanse los pajes.)* Esta es la ocasión. ¿Quién
luego podrá dudar de que ha perdido el juicio?

DON ÁLVAR.—*(Saliendo por el foro y asiendo a Aldara violentamente de la mano.)* ¿Cuál es vuestro intento?

ALDARA.—¿Acechando estabais?

DON ÁLVAR.—Para defenderla contra vos.

ALDARA.—¿Y si hubieseis llegado tarde?

DON ÁLVAR.—Ved que no respondo de mí.

ALDARA.—Cuenta con lo que decís a una dama, señor capitán español.

DON ÁLVAR.—Desoísteis mis súplicas.

ALDARA.—Y desprecio vuestras amenazas.

REINA.—Toma. *(Arroja al suelo una de dos espadas que trae, y quédase con la otra en la mano.)*

DON ÁLVAR.—Reprimid vuestra furia. El rey va a venir.

REINA.—Me alegro: le veré temblar por su amada.

DON ÁLVAR.—Esta cámara va a llenarse de gente.

REINA.—Mejor; mi venganza tendrá testigos.

DON ÁLVAR.—¡Oh desdichada; al veros, al oíros, se afirmarán más y más en la idea de que...! ¡Fuerza es decíroslo todo! Se trama contra vos un horrible atentado. El rey quiere arrojaros del trono; quiere encerraros para siempre en una cárcel.

REINA.—¿A mí; a su reina; a su esposa? ¡A la madre de sus hijos! *(Prorrumpiendo en copioso llanto.)*

DON ÁLVAR.—¡Y bajo qué pretexto! No hay mayor infamia, no hay mayor crueldad. Apoyado por la nobleza, por vuestros mismos médicos, por cuantos os rodean, afirma...

REINA.—Acabad.

DON ÁLVAR.—Afirma que habéis perdido la razón, que estáis loca.

REINA.—*(Dando un grito terrible y dejando caer el acero.)* ¡Jesús! ¡Loca!

REY.—Sí; loca estáis, desdichada.

(Saliendo por el foro con el acompañamiento arriba indicado. Acércase rápidamente a su esposa, compren-

diendo lo que sucede; y como para contenerla, le dice
estas palabras con reconcentrado furor. Pausa.)

REINA.—¡Loca!... ¡Loca!... ¡Si fuera verdad! ¿Y por
qué no? Los médicos lo aseguran, cuantos me rodean
lo creen... Entonces todo sería obra de mi locura, y no
de la perfidia de un esposo adorado. Eso..., eso debe de
ser. Felipe me ama; nunca estuve yo en un mesón; yo
no he visto carta ninguna; esa mujer no se llama Aldara, sino Beatriz; es deuda de don Juan Manuel, no hija
de un rey moro de Granada. ¿Cómo he podido creer
tales disparates? Todo, todo efecto de mi delirio. Dímelo tú, Marliano *(Dirigiéndose a cada uno de los perso-*
najes que nombra.); decídmelo vosotros, señores; vos,
señora; vos, capitán; tú, esposo mío; ¿no es cierto que
estoy loca? Cierto es; nadie lo dude. ¡Qué felicidad,
Dios eterno, qué felicidad! Creía que era desgraciada,
y no era eso: ¡era que estaba loca!

FIN DEL ACTO TERCERO

ACTO CUARTO

Salón de palacio. En el foro un trono

ESCENA I

El REY *y* DON JUAN MANUEL; *a poco,* MARLIANO

REY.—¿Habéis hecho lo que os ordené?

DON JUAN MANUEL.—Guardadas están ya las puertas del aposento de doña Juana.

REY.—Y Aldara, ¿Qué respuesta os ha dado?

DON JUAN MANUEL.—Hasta que la reina haya partido no saldrá de su cámara.

REY.—¡Qué mal me siento! ¡Qué peso, qué ardor en la cabeza! El sobresalto que ayer experimenté cuando Aldara fue descubierta por la reina, y los continuos afanes que desde aquel momento han trabajado mi espíritu, son indudablemente causa de esta dolencia que a tan mala hora me acomete. ¡Ver uno por uno a cuantos me negaban obediencia; soportar repulsas y altivos desdenes; luego el consejo, que ha durado toda la noche!... ¡Qué larga mortificación! ¡Con tal que no salgan fallidas nuestras esperanzas!

DON JUAN MANUEL.—No lo temáis; la reina partirá hoy mismo al sitio en que haya de ser recluida, y todos o casi todos los grandes reconocerán a vuestra alteza por único señor de estos reinos.

REY.—¡Cuánto os debo, don Juan Manuel! Nunca a Pacheco ni a vos podré premiaros dignamente.

DON JUAN MANUEL.—Con mi deber cumplo al serviros.

REY.—También tendré que castigar. El almirante agotó mi paciencia. *(A Marliano, que sale por la izquierda.)* ¿Qué ha decidido doña Juana?

MARLIANO.—Se niega a partir.

REY.—No me equivoqué al suponer que vuestros esfuerzos serían inútiles. Partirá de grado o por fuerza.

MARLIANO.—Varias veces os he manifestado mi opinión; permítaseme publicarla.

REY.—Os aconsejo, Marliano, por vuestro bien, que no cometáis una imprudencia. *(A don Juan Manuel.)* Se acerca la hora: id a buscar a vuestros amigos. (Arrojaré al fin a esa mujer de mi tálamo y de mi trono.)

(Vase el rey por la derecha y don Juan Manuel por el foro.)

ESCENA II

MARLIANO; *después* DON ÁLVAR; *a poco el* ALMIRANTE

MARLIANO.—Conserve yo mi virtud aunque pierda la vida.

DON ÁLVAR.—¿Lograsteis penetrar en la estancia de la reina?

ALMIRANTE.—¿Qué hay, Marliano?

MARLIANO.—Dije al rey que trataría de reducir a doña Juana a que partiese de propia voluntad, y así logré que se me permitiera entrar en el aposento que le sirve de cárcel. No bien supo lo que el rey trama contra ella, anegóse en llanto, y, vencida toda su fortaleza, quiso partir.

ALMIRANTE.—¡Partir!

DON ÁLVAR.—Y vos ¿qué hicisteis?

MARLIANO.—Recordéle sus deberes de reina; los males que padecen sus pueblos bajo el yugo de los flamencos; las torpes miras con que don Juan Manuel, el marqués de Villena y el señor de Vere fomentan los desmanes de don Felipe; invoqué el nombre de su madre; llegué hasta el punto de exacerbar sus celos. Con indignación y cólera hizo al fin juramento de no salir de Burgos y de no dejar la corona.

DON ÁLVAR.—¿Y el pueblo, almirante?

ALMIRANTE.—Gracias a la actividad de sagaces criados míos, nadie ignora ya en la ciudad que hoy debe abandonarla doña Juana por mandato de don Felipe, y que éste va a ser declarado único dueño de la corona. Suspéndese todo quehacer, el amigo busca al amigo, en calles y plazas hay turbas animadas por unánime sentimiento: «¡Mueran los flamencos y viva la reina!» es el grito que han dado ya los corazones, y que del corazón pugna subir a los labios.

DON ÁLVAR.—¡Loado sea Dios!

MARLIANO.—Viendo está la pureza de nuestros pechos.

ALMIRANTE.—¿Y la guardia de palacio?

DON ÁLVAR.—Los soldados españoles adoran a su reina; los flamencos han recibido el oro que para ellos me disteis.

ALMIRANTE.—El cielo ampara nuestra causa.

MARLIANO.—Cuando conspiran los malos, fuerza es que también conspiren los buenos.

ALMIRANTE.—Noble hazaña, sin duda, salvar a una reina del oprobio, y a un pueblo de la tiranía. Por Cristo, señores, que ya era tiempo de hacer conocer al buen archiduque de Austria y a sus infames lisonjeros la tierra que pisan.

ESCENA III

DICHOS, *el* MARQUÉS DE VILLENA, DON JUAN MANUEL, FILIBERTO DE VERE *y* NOBLES *que acuden por ambos lados*

FILIBERTO.—Don Felipe será modelo de monarcas.

DON JUAN MANUEL.—Puede decirse que hoy empezará su reinado; hoy que la reina loca dejará de ser óbice a sus planes maravillosos.

MARQUÉS.—Era inhumanidad tener aquí a esa desdichada.

DON JUAN MANUEL.—*(Saludándole.)* ¡Oh, señor almirante!

MARQUÉS.—¡Cuánto me duele vuestra ciega obstinación! Tenéis al rey muy enojado.

DON JUAN MANUEL.—Pero ¿qué plausible motivo os obliga a rechazar una vez y otra el toisón de que su alteza quiere haceros merced?

ALMIRANTE.—Gracia inmerecida es salario, no premio; y no quisiera que, al ver tal insignia en mi pecho, dijese alguno: he ahí, no la recompensa de su virtud, sino el precio de su infamia; he ahí, no lo que ha ganado, sino por cuánto se ha vendido.

MARQUÉS.—¿Tratáis por ventura de ofendernos?

FILIBERTO.—Pudiera suceder que el rey no gustase de veros en palacio.

MARQUÉS.—Dejadle: bien me sé yo por qué sirve tan fielmente a una reina loca. El almirante, por su sangre y por su juicio, tiene con ella parentesco.

ALMIRANTE.—Cierto es que sirvo fielmente a una

reina; vosotros servís a un amo: díganlo si no esos co-
llares que os ha puesto en el cuello.

*(Por el toisón que llevan don Juan Manuel, el mar-
qués de Villena, Filiberto de Vere y otros nobles.)*

DON JUAN MANUEL.—¡Almirante!

MARQUÉS.—¡Por vida mía!

DON ÁLVAR.—El rey.

ESCENA IV

DICHOS, *el* REY *con manto, el* CAPITÁN *de la guardia de
palacio,* NOBLES, PRELADOS, PAJES *y* SOLDADOS, *que se
sitúan a uno y otro lado del trono*

REY.—Sabéis, señores, el triste motivo que aquí nos
reúne. Dementada la reina, es imposible que gobierne;
y solamente reduciéndola a estrecha clausura se logra-
rá dilatar su vida. ¿Estáis prontos, señores, a hacer
pública la demencia de doña Juana, a reconocerme por
legítimo y único señor de Castilla, a prestarme todo
el auxilio que necesite, en el caso deplorable de que
mis enemigos fomentasen alguna alteración en el reino?

DON JUAN MANUEL.—Todos haremos lo que vuestra
alteza desea para el bien de la patria. ¿Todos, no es
cierto, señores?

NOBLES.—Todos.

ALMIRANTE.—No todos. Hay quien asegura que la
reina sólo padece efímeros arrebatos, hijos, no de enfermedad corporal, sino de aflicciones del espíritu.

REY.—Nadie ayer ponía en duda su demencia.

ALMIRANTE.—Ayer muchos, y yo el primero, creímos
ver indicios de enajenación mental en las acciones de
doña Juana. Después se ha descubierto la verdadera

causa de tales acciones. Espero que vuestra alteza no me obligará a publicarla.

REY.—Yo sí que no os comprendo a vos, almirante. ¿Quién ha podido explicar naturalmente el proceder de la reina?

DON ÁLVAR.—Yo, señor.

REY.—(¡Don Álvar!)

ALMIRANTE.—Recuerde vuestra alteza que las ciudades en las Cortes de Valladolid negaron su asentimiento a lo que hoy arbitrariamente se trata de llevar a cabo; tened presente que, para defender a doña Juana, se han confederado en Andalucía el conde de Cabra y el de Ureña, el marqués de Priego y el duque de Medina-Sidonia; ved que el pueblo en que estáis es un pueblo de valientes y de leales.

REY.—¡Amenaza a su rey!

DON JUAN MANUEL.—¡Es un crimen!

NOBLES.—Sí, sí.

ALMIRANTE.—Vuestras voces no me intimidan.

MARLIANO.—Yo juro por el nombre de Dios que aún no ha perdido el juicio la reina.

REY.—Estos son traidores vendidos al rey don Fernando.

ALMIRANTE.—Sólo el rey don Fernando, según el testamento de la reina doña Isabel, tendría derecho a sentarse en el trono si la locura de su hija doña Juana fuese cierta.

REY.—¿Oís, señores? Bien hice en contar con vuestro apoyo.

MARQUÉS.—Subid al trono, señor; solemnemente prestaremos el juramento que tengáis a bien exigirnos. Vuestra es la corona; ceñidla.

(El rey se pone la corona y empuña el cetro.)

DON JUAN MANUEL.—Vuestro es el trono; ocupadle.

ALMIRANTE.—*(Poniéndose delante del rey.)* Oíd antes, señor.

REY.—Atrás, rebelde.

MARQUÉS.—¡Detener al monarca!

(Rumor entre los cortesanos.)

DON ÁLVAR.—(¡Villanos!)

REY.—¡Plaza al rey!

ESCENA V

DICHOS, *y la* REINA, *con manto, corona y cetro*

REINA.—*(Subiendo al trono antes que el rey.)* ¡Plaza a la reina!

REY.—¡La reina!

(Prolongados rumores, sorpresa general.)

MARQUÉS.—¡Doña Juana!

DON ÁLVAR.—(Esto es más de lo que esperábamos.)

(Pausa.)

REINA.—¿Qué os turba y sorprende? ¿No contábais con mi presencia? Pues mal lo imaginasteis. Cerradas estaban las puertas de mi aposento; mas diz que para todo hay remedio en el mundo, si no es para la muerte. Que las cerrasen mandó el rey; la reina mandó que las abriesen de par en par; pudo más que la perfidia flamenca la lealtad castellana, y aquí me tenéis.

DON JUAN MANUEL.—*(Bajo al rey.)* Fuerza es obrar con energía.

REY.—Dignaos de volver a vuestra estancia, señora.

REINA.—No hay para qué. Sé de qué graves negocios estabais tratando. Trátase de recluirme en alguna buena fortaleza por todo el resto de mi vida; trátase de hacer propiedad de don Felipe de Austria la corona que a mí sola me pertenece. Acuerdo es éste de todo

punto necesario; tal lo juzgo yo propia, y vengo, por
lo tanto, a endulzar la pena que, a no dudar, oprime
el tierno corazón de mi esposo; a pagar el noble celo
que en pro del público bien habéis casi todos vosotros
manifestado; a decir en seguida un adiós eterno al trono de mis padres. Y noticiosa de que ya ibais cobrando
ojeriza a mi pobre vestido negro, para contentaros, y
siquiera una vez pareceros reina, me he echado encima,
como veis, mis galas más deslumbradoras. *(Desciende
del trono y apostrofa a don Juan Manuel y a los otros
grandes con delicada ironía.)* Guárdeos el cielo, don
Juan Manuel, señor de Belmonte de Campos y de Ce-
vico de la Torre, embajador en Roma, maestresala de
mi madre doña Isabel, primer caballero español del
Toisón de Oro de la casa de Borgoña, y presidente de
mi Consejo. Gloria mayor la vuestra que la de aquel
otro don Juan Manuel, cuya docta pluma hizo su nombre tan famoso, y cuyo invicto acero rindió y desba-
rató al fuerte Ozmín, general de la casa de Granada,
a orillas del río Guadalferce. He aquí, señores, a un
nieto del infante don Manuel, a un descendiente del
rey San Fernando y de los emperadores de Constanti-
nopla, convertido hoy en agente de los excesos de un
archiduque de Austria.

DON JUAN MANUEL.—¡Señora!

REINA.—¡Oh, que también está por aquí el noble
marqués de Villena, duque de Escalona! Cuentan que
vuestro ascendiente, el caballero portugués Diego López
Pacheco, fue por ansia de medro uno de los asesinos
de doña Inés de Castro; que vuestro noble padre dio
veneno al príncipe don Alfonso, de quien era parcial;
para volver a la gracia de su legítimo señor, mi tío don
Enrique, al cual después, no sabiendo ya qué quitar,
quitó el entierro que el buen monarca para sí destinaba
en el Parral de Segovia; que vos hicisteis matar a vues-

tra primera mujer, la condesa de Santisteban, nieta del condestable don Álvaro de Luna; que ahora, desposeído, por la voluntad de mis padres, de Trujillo, Chinchilla, Albacete, San Clemente, Rota y demás pueblos del marquesado de Villena, de la ciudad de Alcázar y de la tenencia de Madrid, queréis recobrarlos a toda costa, pronto, por conseguirlo, a matarme a mí y a diez mujeres más. ¡A ser esto cierto, señor marqués de Villena, gloriosa raza la vuestra, por vida mía!

MARQUÉS.—(¡Conténgame Dios!)

REINA.—Loor a todos vosotros, señores. Natural es que así procuréis el ultraje de vuestra reina y la ignominia de vuestra patria, cuál por un aumento de territorio, cuál por una dignidad que ha tiempo codiciaba, cuál por un Toisón de Oro para deslumbrar a sus inferiores, cuál por diez oficios públicos para diez de sus allegados. No hay por qué a nadie se maraville: constantemente fue vuestro anhelo empobrecer al pechero y al monarca; siempre fuisteis enemigos naturales del trono y del pueblo.

NOBLE 1.º—Nos insultáis.

DON JUAN MANUEL.—Insultáis a la Grandeza de Castilla.

REINA.—Bueno fuera que os dieseis por ofendidos. ¿Sabe una loca lo que se dice? Y yo estoy loca hasta más no poder. Como que esos señores *(Dirigiéndose a los médicos.)*, que son mis médicos, quieren encerrarme. Sólo que yo no quiero dejarme encerrar. Matad a la gente, señores míos; tal es vuestro derecho: para enterrarla viva aún no tenéis licencia. Pero ¿qué? ¿También vosotros os enojáis? ¡Todos malvados! *(Con acento de cólera.)* ¡Todos necios!

REY.—Ved que yo por más tiempo no puedo tolerar...

REINA.—Y a ti, Felipe, ¿qué te podré decir para consuelo de tu pena? *(Apartándole de los demás, y en voz*

baja.) Que harto bien pagada está la corona de Castilla
con tus Estados de Borgoña y de Flandes; que aún
necesitas reposo y vigor en el espíritu para terminar
la obra que bajo tan buenos auspicios has comenzado:
hacer tuyo el trono de la madre, ha sido empezarla:
quitárselo al hijo legítimo para dárselo a un bastardo
infame, será concluirla.

REY.—¡Doña Juana!

REINA.—¡Bah! Si ya sabes y acabas de oír que estoy
rematadamente loca.

REY.—Señores, esto es ya demasiado: llegó el momento...

REINA.—Sí, ¡por Cristo!; sonó la hora de que yo
empezase a reinar. Demencia y crimen era en mí ante-
poner otro amor al amor de mi pueblo. Yo expié mi
culpa: de hoy más no lloraré torpes ingratitudes. Amar
como todas las mujeres, es amar a un hombre; a semejanza de Dios debe amar una reina, amando a un pueblo entero.

REY.—(¡Me vence! ¡Me humilla!)

*(Los grandes se acercan, como ofreciéndole amparo
contra doña Juana.)*

REINA.—Ni penséis vosotros romper de nuevo el fre-
no de las leyes, con que os sujetó la mano poderosa
de la católica Isabel. Temblad ante la hija, como tem-
blabais ante la madre. Vuelvan al reino los bienes que
le arrebató vuestra codicia; vuelva la fuerza que es
suya a la Corona; deponed del todo vuestros cetros
usurpados. Ya vosotros no sois Castilla: Castilla es el
pueblo; Castilla es el monarca.

REY.—Salid de aquí. No me abliguéis a emplear la
violencia.

REINA.—¿Quién se atreverá a tocarme?

ALMIRANTE.—Conteneos, señor, si no queréis encen-
der oprobiosa guerra.

DON ÁLVAR.—No hagáis que la sangre española corra por mano española vertida.

REY.—La rebelión estalla dentro de mi propio palacio

MARQUÉS.—¡Viva el rey!

NOBLES.—¡Viva!

REY.—¿Oís, señora, cómo la grandeza de Castilla
aclama al rey?

PUEBLO.—*(Dentro.)* ¡Viva la reina! ¡Viva la reina!

REINA.—Oye tú cómo el pueblo español aclama a su
reina.

REY.—¡Oh, rabia!

ALMIRANTE.—La justicia prevalece.

DON ÁLVAR.—¡La reina triunfa!

REINA.—Parece que esos gritos no os suenan bien;
pues yo quiero oírlos más de cerca.

(Asómase al balcón.)

PUEBLO.—*(Dentro.)* ¡Viva la reina! ¡Viva la reina!

REINA.—*(Desde el balcón.)* Gracias, hijos míos. Nada temáis; no saldré de Burgos. Fío en vuestra constancia.

PUEBLO.—¡Viva la reina! ¡Mueran los flamencos!

REINA.—*(Volviendo al lado del rey.)* ¿Qué queréis,
Felipe? Mi pueblo ha perdido el juicio como yo.

REY.—Soldados, dispersad esa turba.

CAPITÁN.—Si la reina lo manda.

REINA.—Calla, ¿éstos también? Con razón asegura
el refrán que un loco hace ciento. Ya lo veis: los locos
abundamos en Burgos que es una maravilla. Réstame
advertiros que no es cordura jugar con ellos. Felipe,
señores, adiós quedad. La reina loca os saluda. *(Hace
una reverencia y se va.)*

ESCENA VI

DICHOS *excepto la* REINA

REY.—(¡Empeñar una lucha, una lucha en que tal vez sería vencido! ¿Adónde lanzar el rayo de mi furia?)

ALMIRANTE.—Señor, dad oídos a la prudencia y la piedad.

REY.—¡Silencio, almirante! ¡Por vida de mi padre, que habéis de llorar vuestra osadía!

ALMIRANTE.—El castigo de la virtud, que no el premio de la maldad, ambiciono. La hora del desengaño suena también en la vida de los reyes; sonará en la vuestra, señor. Lloraréis entonces haber acogido y acariciado la pérfida lisonja, que deslumbra los ojos y envenena el corazón de los príncipes, y la interesada adhesión que los empuja y precipita; lloraréis haber despreciado y oprimido la noble franqueza y la generosa abnegación, que suelen salirles al paso para iluminarlos y contenerlos. Nunca me arepentiré yo de haber amparado a una dama como caballero, y a una reina como español. *(Saluda y vase.)*

REY.—Dejadme, señores; necesito estar solo.

DON JUAN MANUEL.—(Vamos. Buen chasco nos ha dado la loca.)

MARQUÉS.—(Empiezo a sospechar que tiene más juicio del que fuera menester.)

REY.—Quedaos vos, Marliano; también vos, don Álvar. *(Bajo a Filiberto de Vere, el cual se va por el foro.)* (Elegid dos soldados flamencos en quienes se pueda confiar, y traedlos aquí.)

ESCENA VII

El REY, DON ÁLVAR *y* MARLIANO

REY.—Buen pago habéis dado a mis beneficios, señor Marliano.

MARLIANO.—No se han de pagar los beneficios con malas acciones. Creo que no debe tener queja de mí vuestra alteza, ni como hombre, ni como soberano.

REY.—¿Eso creéis? Quizá con dos años de meditación en un encierro mudaréis de dictamen.

MARLIANO.—En el cadalso creería lo mismo. *(Vase.)*

ESCENA VIII

El REY *y* DON ÁLVAR; *después* FILIBERTO DE VERE
y dos SOLDADOS

REY.—Ayer os desterré, don Álvar; hoy no sólo volvéis a presentaros en palacio, sino que a él venís con el único objeto de hacerme guerra.

DON ÁLVAR.—Tres días me disteis de término para salir de Burgos. Vine a palacio porque a él me llamaba mi obligación de vasallo leal.

REY.—Colígese fácilmente que a vos y a vuestro amigo el señor almirante debo el alboroto de la plebe y la traición de la guardia. Por él y por vos he padecido cruel tormento. Puedo aseguraros, capitán, que mi venganza será terrible.

DON ÁLVAR.—Haced de nosotros, en hora buena, lo que os plazca; pero doleos del infortunio de vuestra esposa. Reducida al último extremo, halló en la desespera-

ción energía para luchar, no contra vos, sino por vos.
¿Qué le importa a ella su trono? Lo que le importa es
veros, vivir a vuestro lado. Sus derechos de esposa son
los que ha defendido, que no sus derechos de reina.

REY.—¿Conque me aconsejáis que ame a doña Juana? ¿Pensáis que ignoro el motivo que os mueve a darme tales consejos, y os movió a promover disturbios en
contra mía?

DON ÁLVAR.—No hay más motivo que el amor que
tengo a mi reina y a mi patria.

REY.—Sé que habéis osado poner los ojos en donde
yo los tenía puestos.

DON ÁLVAR.—(¡Aldara inicua!)

REY.—¿Y qué dudo? Vos fuisteis el que ayer descu-
brió a doña Juana mi secreto, induciéndola a que bus-
case pruebas. ¿El amor de vuestra reina y de vuestra
patria, decís? Vil hipócrita: bien heriste en medio del
corazón al amante y al soberano; bien castigada será
tu culpa: en ti saciaré todo el furor que abriga mi
pecho.

DON ÁLVAR.—Sin razón me ofendéis.

REY.—Mirad, don Álvar: me siento gravemente enfermo; con trabajo me sostengo de pie. Sois leal, y
cuento con que os tendréis por dichoso con poder resti-
tuirme la salud. El bálsamo que necesito para recobrarla es toda vuestra sangre.

DON ÁLVAR.—Tomadla, señor.

REY.—No me queréis por rey; me tendréis por tirano. Ni será cosa nueva en Castilla un monarca que se
complazca en hacer rodar por el suelo de su propio
palacio la cabeza de un rebelde. Nombres de *Justiciero*
y de *Cruel* dan al rey don Pedro los castellanos: que a
mí me apelliden como quieran. (*A Filiberto de Vere,
que sale seguido de dos soldados.*) Creí que nunca ibais
a llegar. Don Álvar, rendid el acero.

Don Álvar.—*(Entregando a los soldados la espada.)*
Un soldado del Gran Capitán está acostumbrado a pelear contra muchos; pero ved, señor, que no nací rebelde.

Rey.—*(A los soldados.)* Conducidle secretamente a
una de las torres del alcázar. *(A don Álvar.)* Capitán,
la muerte os espera.

Don Álvar.—La muerte y yo nos vimos muchas veces las caras: ya no me asusta; seguro, además, de que
recibe al bueno en sus brazos cual amiga cariñosa. Así
me recibirá a mí, señor; no os acogerá a vos de la
misma manera.

Rey.—(Ni aun el consuelo de verle temblar.) Lle-
vadle. *(Vase don Álvar con los dos soldados.)* Haced
que ese hombre se disponga a bien morir, y muera
luego.

Filiberto.—¿Tal es vuestra determinación?

Rey.—Cuidad, sobre todo, de que esto se haga con el
mayor sigilo. ¿Entendéis?

Filiberto.—Cumpliré vuestras órdenes. *(Vase por
donde don Álvar.)*

ESCENA IX

El Rey, *y en seguida* Aldara

Rey.—Sí, justa es la pena que le impongo. ¿Será
excesiva? ¡Oh, qué pronto vacila mi corazón, siempre
irresoluto y cobarde! Venid, Aldara; necesitaba veros.

Aldara.—El estado en que os encuentro no me maravilla. Sé que ya no parte la reina; yo soy en tal caso
quien debe partir sin tardanza.

Rey.—No me atormentéis más; demasiado padezco.

ALDARA.—De nadie os quejéis sino de vos mismo. ¿Qué habéis hecho a estas horas para contener la audacia de vuestros adversarios?

REY.— Fundadas son tales reconvenciones. Cayó en mis manos uno de los rebeldes, y antes de oíros empezaba ya a sentirme pesaroso de haber mandado castigarle.

ALDARA.—¿Que tenéis en vuestras manos a uno de los que se oponen a que la reina salga de Burgos, y que aún no le habéis castigado? ¡Oh torpe flaqueza! Para conquistar un trono, el interés de los menos facilita el camino; el miedo de los más solamente puede allanarlo. Ya hicisteis sobradas mercedes; castigad ahora, castigad sin reparo ni compasión.

REY.—Castigaré, os lo prometo.

ALDARA.—El escarmiento de uno de los partidarios de doña Juana amedrentará a los demás.

REY.—¿Y no sabéis? Ese hombre es doblemente culpado; es el que intenta arrebatarme vuestro amor.

ALDARA.—¿Qué?... ¿Qué decís?

REY.—Vuestro amor, que es mi ventura, que es mi vida.

ALDARA.—Pero ¿de quién habláis?

REY.—¿No lo dije? De mi aborrecido competidor; de don Álvar.

ALDARA.—¡Don Álvar!

REY.—No temáis, no revocaré su sentencia. Adiós, Aldara; necesito reposo.

ALDARA.—*(Siguiéndole.)* ¿Esa sentencia?...

REY.—Pronto se ejecutará en una de las torres de este mismo alcázar.

ALDARA.—*(Con voz ahogada por el espanto.)* ¿Está condenado?...

REY.—A muerte. *(Vase por la derecha.)*

ESCENA X

ALDARA, y a poco la REINA

ALDARA.—¡A muerte! ¡Morir él; morir por culpa mía!... No me equivoco; el rey lo dijo: bien lo escuché... Corro a sus plantas... *(Dirigiéndose hacia el lado por donde ha salido el rey.)* ¡Triste de mí! *(Deteniéndose.)* El rey está celoso; mis súplicas acelerarían su muerte. ¡Oh maldita venganza, cómo de rechazo me hieres! Es preciso correr en su ayuda, buscar medios, salvarle. Sí, salvarle o morir con él. ¿Y a quién acudir?; ¿de quién valerme? ¡Ah! *(Corriendo hacia la reina, que sale por la izquierda.)* ¡Compasión, señora, compasión!

REINA.—¡Aquí vos! ¿Y osáis presentaros a mi vista?

ALDARA.—No me abandonéis.

REINA.—Apartad; busco a mi esposo.

ALDARA.—*(Arrojándose a sus pies.)* ¡Piedad! ¡Perdón! Mucho os ofendí; pero ved que me arrepiento y me postro.

REINA.—Explicaos de una vez.

ALDARA.—Creedme; creedme lo que voy a deciros. No amo al rey, no, no le amo, no le amé jamás; otro mereció mi cariño; en Álvar ha tiempo le puse.

REINA.—¿Qué pronuncias? ¡Que no amas al rey! ¿Qué nueva perfidia es ésta?

ALDARA.—¿Por qué la engañé? Ahora no querrá creerme. Ved: estas lágrimas de mis ojos son verdad; estos latidos de mi pecho son verdad; pues así, así las palabras de mi boca. Os juro que no tengo por qué avergonzarme en vuestra presencia. ¿Lo creéis, no es cierto? ¿Qué haría yo para que me creyese?

REINA.—No te entiendo aún; explícate más, más todavía.

ALDARA.—Imaginé, perdonadme, imaginé que Álvar era amado de vos, que por vos perdía yo su cariño, y tuve celos.

REINA.—*(Acelerando la explicación.)* Celos quise yo inspirar al rey tratando con benevolencia a ese hombre.

ALDARA.—Y yo a vos en venganza, fingiendo amar a vuestro esposo.

REINA.—*(Con alegría.)* ¿Conque tú no amas al rey?

ALDARA.—*(Con gozo, como la reina.)* ¿Conque vos nunca amasteis al capitán?

REINA.—¿Y has estado celosa? ¡Desdichada, cuánto has debido padecer!

ALDARA.—Sí; vos comprendéis lo que es tener celos; disculpadme entonces y salvad a un infeliz. Qué, ¿aún no os lo había dicho? El rey quiere matarle.

REINA.—¿Por qué?

ALDARA.—Porque ha sido fiel a su legítima reina, a su natural señora. ¿Consentiréis que el rey mate por esta culpa a vuestros vasallos?

REINA.—No los matará.

ALDARA.—Álvar debe morir muy pronto.

REINA.—¿Cuándo?

ALDARA.—Quizá en este momento, en una torre de este alcázar. ¿Y aún estáis a mi lado? Pero entonces es que queréis dejarle morir. Señora, por vuestro Dios, *(Como inspirada)* os pido que le salvéis; por vuestro Dios, que os manda ser clemente, que os manda perdonar; por vuestro Dios, en quien yo adoro desde este momento, porque es el Dios del perdón y de la clemencia.

REINA.—Si en mi Dios crees y confías, mi hermana eres; si tal amor cabe en tu pecho por un hombre, mi hermana eres también. *(Aldara, ahogada por sollozos, la besa repetidamente la mano.)* La tiranía levanta su cuchillo sobre un inocente; no temas; la reina salvará al súbdito leal, tu hermana salvará a tu amante. *(Vase.)*

ESCENA XI

ALDARA, *y a poco el* REY; *después la* REINA

ALDARA.—Yo le mataba; ella corre a salvar su vida. ¡El Dios de esa mujer es el Dios verdadero!

REY.—*(Acercándose a ella.)* Aldara.

ALDARA.—*(Con espanto, retirándose.)* ¡El rey!

REY.—¿Qué sucede? ¿Hablabais con la reina? He oído voces, lamentos...

ALDARA.—Dejadme; apartaos de mí.

REY.—¿Qué significa esto?

ALDARA.—Significa que yo he sido la más vil de las mujeres, y vos el más ingrato de todos los hombres; que hemos ofendido a un ángel; que el cielo me castigó y empieza a castigaros.

REY.—¿Qué repentina piedad se apodera de vuestro pecho? No me hagáis dudar ahora de vuestro cariño.

ALDARA.—¡Mi cariño! Horror me inspiráis; horror me inspiro yo a mí propia.

REY.—¿Qué oigo?

ALDARA.—Sabedlo: de otro es mi corazón. Por vengarme fingí quereros.

REY.—¡Aldara!

ALDARA.—Al aceptar mi expiación, Dios me convierte en instrumento de su justicia; por mi mano venga con martirio igual el martirio de una santa.

REY.—¿Qué es esto? ¿Estoy soñando? ¿Habla tu lengua o la fiebre que me devora?

ALDARA.—Hablan mi conciencia y la tuya.

REY.—¿Y el hombre a quien amáis es sin duda el que yo sentencié? ¡Cómo me he dejado engañar! ¿Y la noticia de su muerte es la que así os desespera? Morirá, pérfida, morirá.

ALDARA.—No; la reina ha ido a salvarle.

REY.—¡A salvarle! No habrá llegado a tiempo.

ALDARA.—¡Oh, callad!

REY.—Y si no, yo mismo...

ALDARA.—*(Cerrándole el paso.)* No, no pasaréis.

REY.—Ved que en nada reparo.

ALDARA.—Muera yo.

REY.—Él primero.

ALDARA Y REY.—¡Ah! *(Volviendo a aparecer la reina.)*

ALDARA.—*(Después de una breve pausa y como temerosa de indagar la suerte de don Álvar.)* ¡Señora!...

REY.—Hablad.

ÁLDARA.—¿Vive?

REY.—Murió, ¿no es cierto?

REINA.—No, que yo le salvé.

REY.—Le seguirán. ¡Oh, me ahogo! *(Cayendo al suelo sin sentido.)*

REINA.—¡Cielos!

ALDARA.—Todo lo sabe; estáis vengada.

REINA.—*(Corriendo hacia el foro.)* ¿Qué has hecho? ¡Socorro, socorro! *(Volviendo al lado del rey.)* ¡Felipe! No oye, no respira. Llama tú también, desdichada. ¡Socorro! ¡Señor, mi vida por la suya! *(Aldara se dirige hacia el foro; la reina cae de rodillas junto al rey.)*

FIN DEL ACTO CUARTO

ACTO QUINTO

Cámara contigua a la habitación del rey. Puerta a la derecha, cubierta con tapiz; otra en el foro; otra a la izquierda, en segundo término. Un reclinatorio en este mismo lado

ESCENA I

La REINA, *y a poco el* ALMIRANTE; *después* HERNÁN

La reina aparece orando, arrodillada delante del reclinatorio; transcurridos algunos momentos, sale el almirante por la puerta de la derecha

REINA.—*(Levantándose sobresaltada.)* ¿Qué hay? ¿Se ha puesto peor?

ALMIRANTE.—Su alteza continúa en el mismo estado.

REINA.—Os aseguro que ayer perdí las esperanzas; pero hoy todos hemos notado en él grande alivio: parece otro. ¿No es cierto, almirante, que hoy tiene más vigor, más vida?

ALMIRANTE.—Cierto es, señora.

REINA.—*(Con alegría.)* ¿Conque también creéis como yo? Sí, no hay duda: la mejoría es evidente. ¿Quién no lo ve? ¡Qué dicha para mí, qué dicha para mi Felipe tener un amigo como vos! Porque también amáis al rey. ¿Verdad que amáis al pobre enfermo?

ALMIRANTE.—¡Ojalá pudiera dilatar su existencia a costa de la mía!

Reina.—La Virgen Santísima os lo pague. Yo estaba aguardando a que me trajesen... *(Hernán sale por la puerta del foro con una salvilla, sobre la cual habrá una copa dorada.)* ¡Ah, por fin! *(Tomando la salvilla.)* Dame. Dicen que esta medicina ha de aliviarle mucho. *(A Hernán, que se va por el foro.)* Se aliviará de fijo. Dios tendrá lástima de nosotros. *(Dirigiéndose a la puerta de la derecha, por la cual desaparece.)*

Almirante.—¡Qué hermoso y qué desdichado corazón!

Hernán.—*(Apareciendo de nuevo en el foro con don Álvar. En seguida vuelve a marcharse.)* Entrad: allí le tenéis.

ESCENA II

El Almirante *y* Don Álvar

Almirante.—¡Don Álvar!

Don Álvar.—¡Almirante!

Almirante.—¡Con qué impaciencia os aguardaba!

Don Álvar.—Considerad cuál habrá sido la mía por volver a este sitio.

Almirante.—El rey, para descargar su conciencia, quiere reconciliarse con vos antes de morir.

Don Álvar.—No bien recibí en el camino vuestro mensaje torcí riendas, y apresuradamente he regresado a Burgos. Más y más al entrar aquí, se aumentó mi amargura. ¿Es posible que en tan breve tiempo se haya agravado la enfermedad del rey, hasta el punto de poner en riesgo su vida?

Almirante.—Ayer su alteza recibió los santos sacramentos; y aun cuando esta mañana parece haberse disminuido la horrible postración en que estaba, creo que sus ojos no verán la luz de un nuevo sol.

Don Álvar.—¿Qué va a ser de la reina?

Almirante.—Los mismos que antes contra ella conspiraban, rinden a su dolor tributo de piedad y respeto. Ángel de la Guarda parece, fija a la cabecera del lecho de su esposo. Nadie más que ella ha de acercar a sus labios los benéficos jugos que los médicos le prescriben; ella, adivinando todos sus pensamientos, ha de ser quien únicamente le sirva; y por temor de que turben su reposo, el vuelo de un insecto la irrita, el más leve ruido del aire la desespera. Sólo abandona al rey cuando conoce que no va a poder reprimirse, y entonces ya permanece con la vista clavada en el suelo sin dar señales de vida; ya recorre velozmente una y otra cámara, como si cambiando de sitio esperase encontrar consuelo, ya de pronto empieza a llamar a gritos en su ayuda a Dios, la Virgen y los santos. Si alguna vez logramos, a fuerza de súplicas, que admita el preciso alimento, al punto salpicado de lágrimas le rechaza. Y, sobre todo, nos inquieta y maravilla el que ni un solo instante, en tres días consecutivos, se le haya visto cerrar los ojos. ¡Ay, don Álvar, no hubo jamás en pecho humano aflicción más grande que la suya!

Don Álvar.—¿Y teméis?...

Almirante.—Temo que el trono se quede completamente vacío.

Don Álvar.—Si ha de perder a su esposo, preferible es que doña Juana también se muera. Los ángeles, sus hermanos, se apresurarían a abrirle las puertas del cielo, y allí sólo pueden encontrar los justos reposo y ventura.

Almirante.—La aflicción que en vuestro rostro se pinta no me sorprende, que yo, como vos, siento el corazón oprimido.

Don Álvar.—Sin que me cause rubor, me aflijo por mi infeliz señora: también por mi rey.

ALMIRANTE.—Sí, don Álvar; olvidemos hoy los erro-
res del soberano; compadezcamos el infortunio del hombre; admiremos y bendigamos la contrición del mori-
bundo.

DON ÁLVAR.—¡Y quiere el triste reconciliarse conmigo; conmigo, que fui para con él tan culpado! ¿Por
qué no me veo ahora entre el tumulto de una batalla?

ALMIRANTE.—No es de valerosos pechos rendirse al
infortunio. Me dijisteis un día que amabais en secreto: creo haber adivinado la causa de vuestra pena des-
medida.

DON ÁLVAR.—¡Cómo! ¿Habéis adivinado?...

ALMIRANTE.—¡Ni una palabra más!

DON ÁLVAR.—Ni una sola. Y Aldara, ¿qué fue de
ella? ¿Debo execrarla? ¿Merece compasión, por ventura?

ALMIRANTE.—Purificará muy pronto su alma el agua
del bautismo: hállase en un monasterio, donde con pia-
dosos ejercicios y ásperas penitencias procura hacerse
acreedora a ceñir el santo velo de las esposas de Jesús.

DON ÁLVAR.—Él la proteja.

ALMIRANTE.—Cumpliendo las órdenes de la reina envié a buscaros: yo, por más de un motivo, deseaba que
volvieseis. Tranquilizad al rey, consolad a la reina:
fuerza será que después nos congreguemos todos los
buenos castellanos para cuidar de otra desventura, que
no creo que hayáis puesto en olvido. La patria se verá
muy luego en cruel orfandad: la patria, que es antes
que todo.

DON ÁLVAR.—¿Tan seguro estáis de que también
perderemos a la reina?

ALMIRANTE.—Seguro estoy de que si vive no vivirá para Castilla. La corona necesita dueño: vuelva de
Italia, y cíñala otra vez el rey don Fernando.

ESCENA III

DICHOS, MARLIANO, el MARQUÉS DE VILLENA, PRELADOS,
NOBLES y MÉDICOS; *a poco* DON JUAN MANUEL, *después*
la REINA, *luego* HERNÁN

DON ÁLVAR.—¿Y su alteza?

MARLIANO.—Acaba de abandonar el lecho.

ALMIRANTE.—¿Con vuestro permiso?

MARLIANO.—No he querido oponerme a que cumpla
su gusto.

ALMIRANTE.—Pero ¿sigue acaso en aumento su mejoría?

MARLIANO.—Bien dije yo que ese repentino alivio
era anuncio de su próximo fin. (*Muévese el tapiz que
cubre la puerta de la derecha.*)

DON ÁLVAR.—¿No hay esperanza ninguna?

MARLIANO.—Ninguna: mátale una calentura pestilencial incurable.

ALMIRANTE.—¿Y suponéis que dejará de existir hoy
mismo?

MARLIANO.—Esta misma mañana. (*Óyese un lamento detrás del tapiz.*)

DON ÁLVAR.—¿No oís?

ALMIRANTE.—¿Qué?

DON ÁLVAR.—Nada: el corazón me engañó, sin duda.

DON JUAN MANUEL.—(*Saliendo por la puerta del
foro.*) Señores: ya es urgente refrenar la audacia de
los flamencos. Que el rey muere de veneno andan divulgando por todas partes.

MARQUÉS.—¿Será posible?

ALMIRANTE.—¡Qué iniquidad!

Don Juan Manuel.—Unos achacan el crimen a los agentes del rey don Fernando; otros dicen que la reina es quien le ha envenenado en un arrebato de celos.

Don Álvar.—¡Vive Cristo!

Reina.—*(Saliendo de detrás del tapiz.)* ¿Que yo he envenenado a mi esposo? ¿Eso dicen? ¿Eso dicen? ¡Jesús! No se lo tome Dios en cuenta. *(Cúbrese el rostro y solloza.)*

Marliano.—Nos estaba escuchando.

Don Álvar.—¡Infeliz!

Marliano.—*(Acercándose a ella con tierna solicitud.)* ¡Señora!

Almirante.—No se aflija así vuestra alteza.

Reina.—*(Contiene los sollozos y hace, como para hablar, inútiles esfuerzos.)* Conque...

Marliano.—Hablad.

Reina.—¿Conque no hay remedio?

Marliano.—¡Qué no puede remediar la misericordia de Dios!

Almirante.—Confiad en Él.

Reina.—*(A los médicos, que se acercan a ella.)* Y ¿por qué no en vosotros? Llegaos acá. El rey es joven, sólo tiene veintiocho años: debe haber medio de curar una dolencia cualquiera en cuerpo vigoroso. Recordad bien: posible es que hayáis olvidado precisamente el remedio que nos hace falta; sin duda existe algún bálsamo, alguna planta con virtud suficiente para salvarle. ¿No bastaría toda mi sangre para reanimar la suya? Otro esfuerzo, mi buen Marliano, mis fieles amigos. No; no calléis. Decidme algo, por piedad.

Marliano.—Ya hemos hecho por él cuanto estaba en nuestra mano.

Reina.—¿Y he de perderle? ¡Dios mío, qué enfermedad tan horrorosa! Ha breves días lleno de salud y de fuerza... Hoy ¿quién le conoce? Mañana..., mañana...

Parece imposible. Nunca imaginé que él se pudiera morir primero que yo.

ALMIRANTE.—Conformidad, señora.

REINA.—Bien procuro irme conformando poco a poco, pero ¡ay! ¡No puedo conformarme, no puedo!

ALMIRANTE.—Dominad vuestra aflicción como cumple a una reina.

REINA.—Por su vida cuanto poseo; mi cetro por su vida. ¿Verdad, señores, que todos me ayudaríais a sentar en el trono al que lograse evitar su muerte? Dicho está: el que codicie una corona que le salve, que me le devuelva. ¿No sois médicos? ¿No es obligación vuestra curarle? Pues ¡ay de vosotros si le pierdo! Don Juan Manuel, señor marqués de Villena, creo que sin razón os ofendí el otro día. No me guardéis rencor, sed generosos con esta pobre mujer que tanto padece. ¿No se os ocurre medio ninguno que tentar? ¿No conocéis a alguno que sepa curar este linaje de dolencias? ¿A uno de esos nigromantes que hacen prodigios? Sí, buscad a uno de esos y traedle para que vea a Felipe.

DON JUAN MANUEL.—Al Altísimo pedid socorro.

REINA.—Dios no ha querido oírme. Ni en la Tierra ni en el cielo encontré piedad. Almirante, escribid a mi padre hoy mismo; decidle que venga, que Castilla se va a quedar sin reyes, y mis pobres hijos sin padre y sin madre.

DON ÁLVAR. — *(Adelantándose.)* Le escribiremos: vendrá.

REINA.—¡Don Álvar! No había reparado en vos. El rey quiere veros.

DON ÁLVAR.—Yo aspiro a la gloria de besar sus plantas.

REINA.—*(Con pena muy reconcentrada.)* ¡Se muere, don Álvar, se muere!

ALMIRANTE.—Considerad que todavía os quedan sagrados deberes que cumplir.

MARLIANO.—A pesar vuestro, os salvaremos si es preciso.

REINA.—¿A mí podéis salvarme y a él no? ¡Acabarán con mi paciencia! Id, señores; haced que ni un momento se interrumpan las preces en la capilla de palacio. Orad por vuestro rey. *(Marliano entra en el cuarto del rey, y los demás se van por el foro.)*

ESCENA IV

La REINA, *después el* REY, MARLIANO *y otro* MÉDICO

REINA.—¡Que tenga valor! Cuando a ellos se les esté muriendo la esposa o el hijo, iré yo también a decirles que tengan valor. *(Medita en silencio.)* No hay remedio. Se muere. Dios se le lleva; me le quita porque le quiero demasiado. Me enmendaré. ¡Le querré menos si vive! ¡Ay Dios de mi alma, que si le pierdo voy a quererle más! *(Otra breve pausa.)* ¡Y no hago nada! ¿Y qué puedo hacer? Siento que no esté Aldara aquí. Dice que se arrepiente de haberla amado. ¿Quién sabe? Quizá viéndola se reanime. ¿Qué no puede el amor? Si muerta yo me llamase él, creo que le respondería. ¡Que venga esa mujer, que venga al instante! *(Da precipitadamente algunos pasos hacia el foro. Deteniéndose.)* ¡Jesús! ¡Qué infame, qué horrible pensamiento! Loca estoy. Ahora sí que ya no es posible dudarlo. ¡Espantosa locura que me deja conocer quién soy, qué me sucede, cómo y cuánto padezco! ¡Reina Isabel, madre y señora mía: si, como afirman tus pueblos, estás en la gloria de Dios, intercede con Él por esta hija infeliz que dejaste en la Tierra: pídele que muramos juntos Felipe y yo!

REY.—*(Momentos antes habrá aparecido en la puerta de la derecha apoyado en Marliano y otro médico. Ahora se acerca al proscenio y se sienta.)* Tú vivirás aunque yo muera.

REINA.—*(Cambiando en apacible la expresión de su rostro.)* ¿Tú aquí? ¿Es posible? (¡Ay de mí, qué semblante!) *(Apartando de él los ojos con terror.)*

REY.—*(A los médicos, que se retiran.)* Salid: que nadie venga.

ESCENA ÚLTIMA

La REINA y el REY; *después* el ALMIRANTE, MARLIANO y DON ÁLVAR; *luego* DON JUAN MANUEL, *el* MARQUÉS DE VILLENA, FILIBERTO DE VERE, PRELADOS, GRANDES *y* MÉDICOS

REY.—Sí; tú vivirás, porque Dios te ordena vivir para un pueblo que en ti sola cifra todas sus esperanzas, y para nuestros hijos, que de hoy más necesitarán doblemente de tu ternura. Y cuando Carlos vaya a subir al trono, dile que al borde de la tumba, sólo por el remordimiento, es el rey culpado más grande que los demás hombres; dile que si dirige a un lado sus ojos, allí se le mostrará el mal que hizo, cual fantasma implacable; que si los dirige a otro lado, allí, el bien que estaba en su mano haber hecho, le acosa y le aterra; que si los vuelve al cielo, ve entre su culpa y la misericordia divina el mar de llanto vertido por su pueblo. Dile todo el daño que por mí padeció Castilla; pero no le digas el daño que a ti te causé; que deteste al monarca, pero que no aborrezca a su padre.

REINA.—*(Arrodillándose a su lado y sosteniéndole con sus brazos.)* No me hables de ese modo; calla, serénate.

REY.—Dios me da fuerza para que pueda pedirte perdón.

REINA.—¿Perdón?... ¿De qué? ¡Te agitas! Calla, Felipe, calla.

REY.—Al morir no se miente. Óyelo: te amo.

REINA.—¿Me amas?

REY.—*(Levantándose.)* Con amor indecible. Quiere el cielo, para mi castigo, que cuando va a cesar de latir, empiece mi corazón a idolatrarte. Permite generosa que te estreche en mis brazos; que ponga mis labios en tu frente purísima. Mas ¿qué digo? Vete, déjame solo: no merezco la dicha de expirar a tu lado. Vete y no llores por mí. Vete y... ¡Oh! *(Cayéndose en el sillón.)*

REINA.—¡Felipe!

REY.—Llegó la hora de mi muerte.

REINA.—No: te engañas, deliras...

REY.—*(Dejándose caer del sillón a los pies de la reina.)* Juana, perdóname.

REINA.—¿Qué haces? ¿Qué profieres?

REY.—Pon tus manos sobre mi cabeza y perdóname, ya que tan grande es tu piedad.

REINA.—¿Yo perdonarte?

REY.—Pronto; no te detengas.

REINA.—*(Poniendo sus manos sobre la cabeza del rey.)* Pues bien, sí, te perdono; te perdono, Felipe mío.

REY.—*(Volviendo a sentarse, ayudado por la reina.)* Tu perdón quizá me redima.

REINA.—*(Alejándose, como con intención de pedir socorro.)* ¡Oh!

REY.—No; no te vayas.

REINA.—*(Volviendo a su lado.)* ¡Ánimo, Felipe, valor!

REY.—¡Imposible!

REINA.—Vive para tu padre, que tanto te quiere.

REY.—¡Padre mío!

REINA.—Para tus hijos; para tu Carlos, para tu Isabel, para tu María. Y no ignoras que el cielo iba a concederte otra gran ventura: Felipe, si tienes corazón de padre, vive para ver, para abrazar al hijo que llevo en mis entrañas.

REY.—La vida, Señor, la vida, para hacerla tan venturosa como hasta aquí la hice desdichada. ¡Oh, si yo pudiese vivir, cuánto te amaría!

REINA.—¡Señor, sólo tú sabes lo que yo por él he padecido, y ahora que me ama, ahora vas a matarle! No, mentira, imposible. No puedes, no debes permitirlo. ¡Señor, que eres justo! ¡Señor, que eres misericordioso!

REY.—¡Mi Juana!

MARLIANO.—*(Apareciendo en la puerta del foro. Salen en seguida también por ella don Álvar y el almirante.)* Llegad.

REINA.—*(Yendo hacia él.)* ¡Marliano, Marliano de mi corazón!

DON ÁLVAR.—¡Señor!

REY.—Don Álvar, vuestra mano; seamos amigos; velad todos por ella. *(Don Álvar, arrodillándose, besa la mano que el rey le tiende.)*

REINA.—*(Llevándose aparte a Marliano.)* Pero ¿qué es eso? Habla. ¿Es que se va a morir?

ALMIRANTE.—*(Asiéndole una mano.)* Fuerza es que nos sigáis.

REINA.—*(Rechazando al almirante y corriendo al lado del rey. Cógele una mano, que, dando un grito, suelta en seguida.)* Dejadme. ¡Oh, qué frialdad! ¡La frialdad de la muerte!

NÚM. 545.—6

MARLIANO.—*(Después de haber tocado al rey. El almirante se va precipitadamente por el foro.)* Avisad, almirante.

REINA.—*(Poniéndose delante del rey, como si tratase de cerrar a alguien el paso y dando señales de verdadera demencia.)* Allí la veo, que viene a llevárselo. No, no pasará.

REY.—¡Juana!

REINA.—¡Pasa, pasa a través de mi cuerpo! ¡Se apodera del tuyo!

REY.—¡Juana! ¡Juana mía! ¡Qué horrible castigo! ¡Dios eterno, piedad..., perdón!... *(Expira.)*

REINA. — *(Arrojándose sobre su cuerpo.)* ¡Felipe, Felipe!

MARLIANO.—*(En tono solemne, al almirante y los prelados y caballeros que entran por la puerta del foro.)* El rey ha muerto.

REINA.—*(Dando espantoso grito, y levantándose de pronto.)* ¡Oh!

DON ÁLVAR.—¡Venid, por compasión!

REINA.—¿Adónde? Él está aquí; yo con él.

ALMIRANTE.—Ya es tan sólo un cadáver.

REINA.—Pues con su cadáver. Su cadáver es mío. ¡Quitad! ¡Apartaos! *(Todos se apartan con profunda emoción.)* ¡Mío, nada más! ¿Le regaré con las lágrimas de mis ojos; le acariciaré con los besos de mi boca! ¡Siempre a mi lado! ¡Él muerto! ¡Yo viva! ¿Y qué? ¡Siempre unidos! Sí, muerte implacable, burlaré tu intento. Poco es tu poder para arrancarle de mis brazos. *(Cambiando repentinamente de expresión y de tono.)* ¡Silencio, señores, silencio!... El rey se ha dormido. ¡Silencio!... No le despertéis. ¡Duerme, amor mío; duerme..., duerme!... *(Quédase contemplando al rey con ternura inefable.)*

FIN DEL DRAMA

UN DRAMA NUEVO

DRAMA EN TRES ACTOS

Al señor
D. VICTORINO TAMAYO Y BAUS,
*por quien el público de Madrid es amigo
de Yorick*

JOAQUÍN ESTÉBANEZ.

REPARTO

en el estreno de la obra, representada en el teatro de la Zarzuela, el 4 de mayo de 1867

PERSONAJES	ACTORES
YORICK	Don Victorino Tamayo y Baus.
ALICIA	Doña Teodora Lamadrid.
EDMUNDO	Don Ricardo Morales.
WALTON	» Francisco Oltra.
SHAKESPEARE	» Juan Casañer.
EL AUTOR	» Emilio Mario.
EL TRASPUNTE	» José Alisedo.
EL APUNTADOR	» N. N.

ACTO PRIMERO

Habitación en casa de Yorick; a la derecha, una mesa pequeña; a la izquierda, un escaño; puertas laterales, y otra en el foro

ESCENA I

YORICK y SHAKESPEARE

Entran ambos por la puerta del foro; Shakespeare trae un manuscrito en la mano

SHAKESPEARE.—Y sepamos, ¿a qué es traerme ahora a tu casa?

YORICK.—¿Duélete quizá de entrar en ella?

SHAKESPEARE.—Pregunta excusada, que bien sabes que no.

YORICK.—Pues ¿qué prisa tienes?

SHAKESPEARE.—Aguárdanme en casa muchos altísimos personajes, que por el solo gusto de verme vienen desde el otro a este mundo.

YORICK.—Sabré yo desenojar a tus huéspedes con unas cuantas botellas de vino de España, que hoy mismo he de enviarles. Diz que este vinillo resucita a los muertos, y sería de ver que los monarcas de Inglaterra, congregados en tu aposento, resucitasen a la par y armaran contienda sobre cuál había de volver a sentarse

en el trono. Pero ¿qué más resucitados que ya lo han
sido por tu pluma?

SHAKESPEARE.—En fin, ¿qué me quieres?

YORICK.—*(Echándole los brazos al cuello.)* ¡Qué he
de querer sino ufanarme con la dicha de ver en mi casa
y en mis brazos al poeta insigne, al gran Shakespeare,
orgullo y pasmo de Inglaterra!

SHAKESPEARE.—Con Dios se quede el nunca bien alabado cómico, el festivo Yorick, gloria y regocijo de la
escena, que no es bien malgastar el tiempo en mimos
y lagoterías.

YORICK.—Si no te has de ir.

SHAKESPEARE. — Entonces —¿qué remedio?— me
quedaré.

YORICK.—Siéntate.

SHAKESPEARE.—*(Siéntase cerca de la mesa y deja
en ella el manuscrito.)* Hecho está; mira si mandas
otra cosa.

YORICK.—Francamente: ¿qué te ha parecido este
drama que acabamos de oír?

*(Siéntase al otro lado de la mesa, y mientras habla
hojea el manuscrito.)*

·SHAKESPEARE.—A fe que me ha contentado mucho.

YORICK.—¿Y es la primera obra de ese mozo?

SHAKESPEARE.—La primera es.

YORICK.—Téngola yo también por cosa excelente,
aunque algunos defectillos le noto.

SHAKESPEARE.—Los envidiosos contarán los defectos;
miremos nosotros únicamente las bellezas.

YORICK.—A ti sí que nunca te escoció la envidia en
el pecho. Cierto que cuando nada se tiene que envidiar...

SHAKESPEARE.—Temoso estás hoy con tus alabanzas,
y en eso que dices te equivocas. Nunca faltará que envidiar al que sea envidioso. Pone la envidia delante de
los ojos antiparras maravillosas, con las cuales a un

tiempo lo ve uno todo feo y pequeño en sí, y en los demás todo grande y hermoso. Así, advertirás que los míseros que llevan tales antiparras, no sólo envidian a quien vale más, sino también a quien vale menos, y juntamente los bienes y los males. No hallando cierto envidioso nada que envidiar en un vecino suyo muy desastrado, fue ¿y qué hizo?, envidiar lo único que el infeliz tenía para llamar la atención, y era una gran joroba que le abrumaba las espaldas.

YORICK.—Algo debería yo saber en materia de envidias, que buen plantío de ellas es un teatro. ¿Viste jamás cuadrilla de mayores bribones que una de comediantes?

SHAKESPEARE.—Mejorando lo presente, has de añadir.

YORICK.—Entren todos y salga el que pueda. ¡Qué murmurar unos de otros! ¡Qué ambicionar éstos y aquéllos antes el ajeno daño que la propia satisfacción! ¡Qué juzgarse cada cual único y solo en el imperio de la escena!

SHAKESPEARE.—Engendra ruindades la emulación; mas por ella vence el hombre imposibles. Déjala revolcarse en el fango, que alguna vez se levantará hasta las nubes.

YORICK.—Dígote que hiciste muy bien en deponer el cetro de actor, quedándote nada más con el de poeta.

SHAKESPEARE.—Hemos de convenir, sin embargo, en que la regla que has establecido no deja de tener excepciones.

YORICK.—Tiénelas a no dudar, y mi mujer y Edmundo lo prueban. Bendito Dios que me ha concedido la ventura de ver recompensadas en vida mis buenas acciones. Porque fui generoso y caritativo, logré en Alicia una esposa angelical y en Edmundo un amigo —¿qué amigo?—, un hijo lleno de nobles cualidades.

¡Y qué talento el de uno y otra! ¡Cómo representan los dos el Romeo y Julieta! Divinos son estos dos héroes a que dio ser tu fantasía; más divinos aún cuando Alicia y Edmundo les prestan humana forma y alma verdadera. ¡Qué ademanes, qué miradas, qué modo de expresar el amor! ¡Vamos, aquello es la misma verdad!

SHAKESPEARE.—(¡Desdichado Yorick!) ¿Puedo ya retirarme?

YORICK.—Pero si antes quisiera yo decir una cosa al director de mi teatro, al laureado vate, al...

SHAKESPEARE.—Por San Jorge, que ya tantos arrumacos me empalagan, y que anduve torpe en no adivinar que algo quieres pedirme, y tratas de pagarme por adelantado el favor.

YORICK.—Cierto es que un favor deseo pedirte.

SHAKESPEARE.—Di cuál.

YORICK.—Eso quiero yo hacer, pero no sé cómo.

SHAKESPEARE.—¡Eh! Habla sin rodeos.

YORICK.—Manifiéstame con toda lisura tu opinión acerca de mi mérito de comediante.

SHAKESPEARE.—¡Pues a fe que lo ignoras! No hay para tristes y aburridos medicina tan eficaz como tu presencia en las tablas.

YORICK.—¿Y crees que sirvo únicamente para hacer reír?

SHAKESPEARE.—Creo que basta con eso para tu gloria.

YORICK.—¿Cuándo se representará este drama?

SHAKESPEARE.—Sin tardanza ninguna.

YORICK.—¿Y a quién piensas dar el papel de conde Octavio?

SHAKESPEARE.—Gran papel es, y trágico por excelencia. A Walton se le daré, que en este género sobresale.

YORICK.—Pues ¡ya me lo sabía yo! Un papel bueno, ¿para quién había de ser sino para Walton? ¡Qué dicha tienen los bribones!

SHAKESPEARE.—Piérdese el fruto si, cuando empieza a sazonar, una escarcha le hiela; piérdese el corazón si, cuando está abriéndose a la vida, le hiela el desengaño. Walton fue muy desdichado en su juventud; merece disculpa. *(Levantándose.)* Adiós por tercera y última vez.

YORICK.—*(Levantándose también.)* Si aún no he dicho...

SHAKESPEARE.—Pues di y acaba.

YORICK.—¡Allá voy! Quisiera... Pero luego no has de burlarte ni...

SHAKESPEARE.—Por Dios vivo, que hables, y más no me apures la paciencia.

YORICK.—Quisiera...

SHAKESPEARE.—¿Qué? Dilo, o desaparezco por tramoya.

YORICK.—Quisiera hacer ese papel.

SHAKESPEARE.—¿Qué papel?

YORICK.—El del drama nuevo.

SHAKESPEARE.—Pero ¿cuál?

YORICK.—¿Cuál sino el de conde Octavio?

SHAKESPEARE.—¿El de marido?

YORICK.—Ése.

SHAKESPEARE.—¿Tú?

YORICK.—Yo.

SHAKESPEARE.—¡Jesús! Ponte en cura, Yorick, que estás enfermo de peligro.

YORICK.—No de otro modo discurren los necios. Necio yo si, conociendo sólo tus obras trágicas te hubiese tenido por incapaz de hacer comedias amenas y festivas. Porque hasta hoy no interpreté más que burlas y fiestas, ¿se me ha de condenar a no salir jamás del camino trillado?

SHAKESPEARE.—¿Y a qué dejarle por la cumbre desconocida? Quisiste hasta hoy hacer reír, y rióse el público. ¡Ay si un día te propones hacerle llorar, y el público da también en reírse!

YORICK.—¡Ingrato! Negar tan sencillo favor a quien fue siempre tu amigo más leal; ¡a quien siempre te quiso como a las niñas de sus ojos! Pues corriente; haga otro el papel de conde; pero ni ya somos amigos, ni el año que viene estaré en la compañía de tu teatro. Y conmigo me llevaré a mi Alicia..., y a Edmundo igualmente. *(Muy conmovido.)* Veremos cuál de ambos pierde más.

SHAKESPEARE.—¡Qué enhilamiento de palabras!

YORICK.—No, no creas que ahora encajaría bien aquello de «Palabras, palabras, palabras», que dice Hamlet.

SHAKESPEARE.—¡Esto de que en el mundo no ha de estar nadie contento de su suerte!

YORICK.—Sí, que es divertido el oficio de divertir a los demás.

SHAKESPEARE.—¿Hablas formalmente? ¿Capaz serías de abandonarme?

YORICK.—¡Abandonarte! ¿Eso he dicho y tú no lo crees? *(Llorando.)* Vaya, hombre, vaya, del mal el menos. No faltaba más sino que, desconfiando de mi talento, desconfiases también de mi corazón. No, no te abandonaré. Yorick podrá no saber fingir que siente, pero sabe sentir... Tú le ofendes..., le humillas..., y él..., míralo..., te alarga los brazos.

SHAKESPEARE.—¡Vive Cristo! ¿Lloras?

YORICK.—Lloro porque el infierno se empeña en que yo no cumpla mi gusto; porque no es sólo Walton quien me tiene por grosero bufón, capaz únicamente de hacer prorrumpir a los necios en estúpidas carcajadas; porque veo que también tú... Y eso es lo que más me duele... Que tú... ¡Válgame Dios, qué desgracia la mía!

SHAKESPEARE.—¡Eh, llévete el diablo! ¿El papel de marido quieres? Pues tuyo es, y mal provecho te haga.

YORICK.—(Dejando de pronto de llorar y con mucha alegría.) ¿De veras? ¿Lo dices de veras?

SHAKESPEARE.—(Andando por el escenario. Yorick le sigue.) Sí; sacia ese maldito empeño de que mil veces procuré en vano disuadirte.

YORICK.—¿Y si represento a maravilla el papel?

SHAKESPEARE.—¿Y si la noche del estreno a silbidos te matan?

YORICK.—A un gustazo un trancazo.

SHAKESPEARE.—¡Y qué bueno le merecías!

YORICK.—Caramba, que en metiéndosete algo entre ceja y ceja...

SHAKESPEARE.—No, que tú no eres porfiado.

YORICK.—Hombre, me alegraría de hacerlo bien no más que por darte en la cabeza.

SHAKESPEARE.—Yo por excusar el darte en la tuya.

YORICK.—Anda a paseo.

SHAKESPEARE.—(Tomando el sombrero y dirigiéndose hacia el foro.) No apetezco otra cosa.

YORICK.—(Con tono de cómica amenaza, deteniéndole.) Es que me has de repasar el papel.

SHAKESPEARE.—(Con soflama.) Pues ¿quién lo duda?

YORICK.—Con empeño, con mucho empeño.

SHAKESPEARE.—¡Vaya! ¡Pues no que no!

YORICK.—(Con formalidad.) La verdad, Guillermo: si en este papel logro que me aplaudan...

SHAKESPEARE.—¿Qué?

YORICK.—Que será muy grande mi gozo.

SHAKESPEARE.—*(Con sinceridad y ternura, dando la mano a Yorick.)* La verdad, Yorick; no más grande que el mío. *(Yorick se la estrecha conmovido y luego le abraza. Shakespeare se va por el foro.)*

ESCENA II

YORICK.—«¡Es tan fácil hacer reír!», me decían Walton y otros camaradas anoche. Verán muy pronto que también sé yo hacer llorar, si hay para ello ocasión; lo verán y rabiarán cuando, como antes alegría, infundiendo ahora lástima y terror en el público, logre sus vítores y aplausos. *(Toma de encima de la mesa el manuscrito.)* Hay, sin embargo, que andarse con tiento, porque el dichoso papel de conde Octavio es dificilillo y al más leve tropiezo pudiera uno caer y estrellarse. *(Leyendo el manuscrito.)*

Tiemble la esposa infiel; tiemble...

Aquí entra lo bueno. Un señor Rodolfo, o Pandolfo... *(Encontrando este nombre en el manuscrito.)* Landolfo, Landolfo se llama..., pícaro, redomado, entrega al conde una carta, por la cual se cerciora éste de que Manfredo, con quien hace veces de padre, es el amante de su mujer, la encantadora Beatriz. Recelaba él de todo bicho viviente, excepto de este caballerito; y cuando al fin cae de su burro, quédase el pobre —claro está— con tanta boca abierta, y como si el mundo se le viniese encima.

Tiemble la esposa infiel; tiemble la ingrata...
que el honor y la dicha me arrebata.
Fue vana tu cautela;
y aquí la prenda de tu culpa mira.

(Abre la carta.)

La sangre se me hiela.

(Sin atreverse a mirar la carta.)

¡Arda de nuevo en ira!
¡Ay del vil por quien ciega me envileces!
¡Oh! ¡Qué miro! ¡Jesús, Jesús mil veces!

Fija la vista en la carta, da un grito horrible y cae en un sitial como herido del rayo. *(Desde «Tiemble la esposa infiel» hasta aquí, leyendo el manuscrito; las acotaciones con distinta entonación que los versos.)* Ea, vámonos a ver qué tal me sale este grito. *(Toma una actitud afectadamente trágica, dobla el manuscrito como para que haga veces de carta, y declama torpemente con ridícula entonación.)*

¡Ay del vil por quien ciega me envileces!...
(Dando un grito muy desentonado.)
¡Oh! ¡Qué miro!...

No... Lo que es ahora, no lo hago muy bien. *(Dando el grito peor que antes.)* ¡Oh!... Mal, muy mal; así grita uno cuando le dan un pisotón. *(Gritando otra vez.)* ¡Oh!... Éste no es grito de persona, sino graznido de pajarraco. ¡Bah! Luego, con el calor de la situación... A ver aquí...

¿Conque eres tú el villano...
Muy flojo.
¿Conque eres tú el villano...
Muy fuerte.
¿Conque eres tú el villano...

Villano yo, insensato yo, que a mi edad me empeño
en ir contra naturales inclinaciones y costumbres en-
vejecidas. Y quizá no sea mía toda la culpa... Alguna
tendrá acaso el autor... Suelen escribir los poetas unos
desatinos...

¿Conque eres tú el villano...

¿Cómo diablos se ha de decir esto bien? Pues si el
anuncio de Guillermo se cumple, si me dan una silba...
No lo quiero pensar. Me moriría de coraje y vergüenza.
Allá veremos lo que pasa. ¡Fuera miedo! ¡Adelante!
*(Pausa, durante la cual lee en voz baja el manuscrito
haciendo gestos y contorsiones.)* Ahora sí que me voy
gustando. Lo que es en voz baja, suena muy bien todo
lo que digo. ¡Si he de salirme con la mía!... ¡Si lo he
de hacer a pedir de boca!... *(A Edmundo, que aparece
en la puerta del foro.)* ¡Ah! ¿Eres tú? Ven acá, Edmundo, ven. ¿No sabes?

ESCENA III

YORICK y EDMUNDO

EDMUNDO.—*(Como asustado.)* ¿Qué?

YORICK.—Que en esta obra que estás viendo tengo
un excelente papel.

(¡Tiemble la ingrata!)

EDMUNDO.—Con el alma lo celebro, señor.

YORICK.—Tiempo ha que, en vez de padre, me llamas señor, y en vano ha sido reprendértelo.

(¡Tiemble la esposa infiel!...)

¿He dado impensadamente motivo para que tan dulce
nombre me niegues?

EDMUNDO.—Yo soy el indigno de pronunciarle.

YORICK.—¿A qué viene ahora eso? ¡Ay, Edmundo, me vas perdiendo el cariño!

EDMUNDO.—¿Qué os induce a creerlo?

YORICK.—Fueras menos reservado conmigo si cual antes me amaras.

EDMUNDO.—¿Y en qué soy yo reservado con vos?

YORICK.—En no decirme la causa de tu tristeza.

EDMUNDO.—¿Yo triste?

YORICK.—Triste y lleno de inquietud. ¿Qué va a que estás enamorado?

EDMUNDO.—¿Enamorado? ¡Yo! ¿Suponéis?

YORICK.—No parece sino que te he imputado un crimen. *(Sonriendo.)* ¡Ah! *(Con repentina seriedad.)* Crimen puede ser el amor... *(Asiéndole de una mano.)* ¿Amas a una mujer casada?

EDMUNDO.—*(Inmutándose.)* ¡Oh!

YORICK.—Te has puesto pálido... Tu mano tiembla...

EDMUNDO.—Sí..., con efecto... Y es que me estáis mirando de un modo...

YORICK.—Enfermilla debe de andar nuestra conciencia cuando una mirada nos asusta. Piénsalo bien: no causa a un hombre tanto daño quien le roba la hacienda, como quien le roba el honor; quien le hiere en el cuerpo, como quien le hiere en el alma. Edmundo, no hagas eso... ¡Ay, hijo mío, no lo hagas, por Dios!

EDMUNDO.—Vuestro recelo no tiene fundamento ninguno. Os lo afirmo.

YORICK.—Te creo; no puedes tú engañarme. En esta comedia, sin ir más lejos, se pintan los grandes infortunios a que da origen la falta de una esposa, y mira: ni aun siendo de mentirijillas me divierte que Alicia tenga que hacer de esposa culpada y tú de aleve seductor.

EDMUNDO.—*(Procurando disimular.)* ¿Sí?

YORICK.—*(Con énfasis cómico.)* ¡Yo seré el esposo ultrajado!

EDMUNDO.—*(Dejándose llevar de su emoción.)* ¡Vos!

YORICK.—Yo, sí... ¿Qué te sorprende? ¿Eres también tú de los que me juzgan incapaz de representar papeles serios?

EDMUNDO.—No, señor, no; sino que...

YORICK.—Cierto que habré de pelear con no pequeñas dificultades. Y ahora que en ello caigo: ningún otro papel menos que el de marido celoso me cuadraría; porque a estas fechas no sé yo todavía qué especie de animalito son los celos. Obligado a trabajar continuamente desde la infancia, y enamorado después de la gloria, no más que en ella tuvo señora mi albedrío, hasta que, por caso peregrino y feliz, cuando blanqueaba ya mi cabeza, mostró que aún era joven mi pecho, rindiendo a la mujer culto de abrasadoras llamas. Y Alicia —bien lo sabes tú— ni me ha causado celos hasta ahora, ni me los ha de causar en toda la vida. No es posible desconfiar de tan hidalga criatura. ¿Verdad que no?

EDMUNDO.—No, señor; no es posible...

YORICK.—Fríamente lo has dicho. Oye, Edmundo. Hago mal en callarte lo que ha tiempo he notado.

EDMUNDO.—¿Algo habéis notado? ¿Qué ha sido?

YORICK.—Que Alicia no te debe el menor afecto: que tal vez la miras con aversión.

EDMUNDO.—*(Muy turbado.)* ¿Eso habéis notado?... ¡Qué idea!...

YORICK.—Y el motivo no se oculta a mis ojos. Reinabas solo en mi corazón antes de que Alicia fuera mi esposa, y te enoja hallarte ahora en él acompañado. ¡Egoísta! Prométeme hacer hoy mismo las paces con ellá. Y de aquí en adelante, Alicia a secas la has de llamar. Y aún sería mejor que la llamases madre; y si madre no porque su edad no lo consiente, llámala hermana, que hermanos debéis ser teniendo los dos un mismo padre. *(Abrazándole.)*

EDMUNDO.—(¡Qué suplicio!)

YORICK.—¿Lloras? Ea, ea, no llores..., no llores si no quieres que también yo... *(Limpiándose las lágrimas con las manos.)* ¿Y sabes lo que pienso? Que si los celos de hijo son tan vivos en ti, los de amante deben ser cosa muy terrible. Diz que no hay pasión más poderosa que ésta de los celos; que por entero domina el alma; que hace olvidarlo todo.

EDMUNDO.—¡Todo! Sí, señor, ¡todo!

YORICK.—¿Conque tú has estado celoso de una mujer? ¡Qué gusto! Así podrás estudiarme el papel de marido celoso; explicándome cómo en el pecho nace y se desarrolla ese afecto desconocido para mí; qué linaje de tormentos ocasiona; por qué signos exteriores se deja ver; todo aquello, en fin, que le corresponde y atañe. Empieza ahora por leerme esta escena. *(Dándole el manuscrito.)* Desde aquí. *(Señalando un lugar en el manuscrito.)* Anda.

EDMUNDO.—¿Conque eres tú el villano?...

YORICK.—Eso te lo digo yo a ti.

(Edmundo se inmuta y sigue leyendo torpe y desmayadamente.)

EDMUNDO.—Tú el pérfido y aleve...

YORICK.—Chico, chico, mira que no se puede hacer peor. ¡Más brío! ¡Más vehemencia!

EDMUNDO.—Tú el seductor infame que se atreve...

YORICK.—¡Alma, alma!

EDMUNDO.—¿A desgarrar el pecho de un anciano?

YORICK.—No estás hoy para ello. *(Quitándole el manuscrito.)* Dame. Escucha.

> ¿Conque eres tú el villano,
> tú el pérfido y aleve,
> tú el seductor infame...

ESCENA IV

DICHOS y WALTON

WALTON.—*(Desde la puerta del foro.)* ¿Quién rabia por aquí?

YORICK.—*(Cerrando el manuscrito.)* ¡Walton!

WALTON.—¿Reñías con Edmundo?

YORICK.—No reñía con nadie.

WALTON.—Al llegar me pareció oír...

YORICK.—*(De fijo lo sabe ya, y viene buscando quimera.)*

WALTON.—Jurara que no me recibes con mucho agrado.

YORICK.—Porque adivino tus intenciones.

WALTON.—Adivinar es.

YORICK.—Ahorremos palabras; ¿qué te trae por acá?

WALTON.—Si lo sabes, ¿a qué quieres que te lo diga? *(Dirigiéndose a sí mismo la palabra.)* Pero ¿qué hacéis de pie, señor Walton? Aquí tenéis silla. *(Tomando una silla y colocándola en el centro del escenario.)* Gracias. *(Sentándose.)*

YORICK.—Mira, mira; lo que es a mí no te me vengas con pullitas, porque si me llego a enfadar...

WALTON.—¡Oh, entonces!... ¡Vaya! ¡Pues ya lo creo! ¡Si tiene un genio como un tigre!... ¿Verdad, Edmundo?

EDMUNDO.—¿Eh?

YORICK.—¿ Te burlas de mí?

EDMUNDO.—¿ Burlarse él de vos?

WALTON.—Justo es que defiendas a tu amigo Yorick, a tu protector, a tu segundo padre. ¡Oh, este muchacho es una alhaja! *(Dirigiéndose a Yorick.)* ¡Y cuánto me gustan a mí las personas agradecidas!

EDMUNDO.—*(Sin poder contenerse y con aire amenazador.)*—¡Walton!

WALTON.—¿ Las alabanzas te incomodan?

EDMUNDO.—(¿ Cuál es su intención?)

WALTON.—Vamos, se conoce que hoy todos han pisado aquí mala hierba... *(Levantándose.)* Adiós. Tú te lo pierdes.

YORICK.—Que yo me pierdo... ¿ qué?

WALTON.—Nada. Venía en busca de un amigo: hallo un tonto, y me voy.

YORICK.—¿ Tonto me llamas?

WALTON.—No se me ha ocurrido cosa mejor.

YORICK.—¿ Has visto a Shakespeare?

WALTON.—No, sino al autor del drama nuevo.

YORICK.—¿ Y qué?

WALTON.—Shakespeare, al salir de aquí, se encontró casualmente con él, y le dijo que en su obra era menester que hicieses tú el papel de marido.

YORICK.—Ya vamos entendiéndonos.

WALTON.—El autor se quedó como quien ve visiones.

YORICK.—No es él mala visión.

WALTON.—Y muy amostazado se vino a mi casa para instarme a que reclamara un papel que en su concepto me correspondía...

YORICK.—Y tú..., pues..., tú...

WALTON.—*(Como haciéndose violencia a sí mismo.)* Yo... Quiero que sepas la verdad... Yo al pronto me llené de ira; luego vi que no tenía razón, y dije al poeta... Pero ¿a qué me canso en referirte? *(Da algunos pasos hacia el foro.)*

YORICK.—No... Oye... Ven. *(Le coge de una mano y le trae al proscenio.)* ¿Qué le dijiste?

WALTON.—Le dije que tú eras mi amigo; que un actor de tu mérito y experiencia podía ejecutar bien cualquiera clase de papeles con sólo que en ello se empeñara; que yo haría el de confidente, que es, como odioso, muy difícil; que te auxiliaría con mis consejos si tú querías aceptarlos... *(Como despidiéndose y echando a andar hacia el foro.)* Adiós...

YORICK.—Pero ven acá, hombre, ven acá. *(Deteniéndole y trayéndole al proscenio, como antes.)* ¿Eso dijiste...?

WALTON.—Y cuando vengo, satisfecho de mí mismo, a darte la noticia, se me recibe con gesto de vinagre y palabras de hiel... Por fuerza había de pagarte en la misma moneda. La culpa tiene... *(Dirigiéndose de nuevo hacia el foro.)*

YORICK.—No, si no te has de ir. *(Deteniéndole y trayéndole al proscenio otra vez.)* ¡Es tan raro eso que me cuentas!...

WALTON.—¿Y por qué es raro, vamos a ver?

YORICK.—Parecía lo más natural que te disgustase perder la ocasión de alcanzar un nuevo triunfo, y que en cambio yo...

WALTON.—El templo de la gloria es tan grande, que no se ha llenado todavía ni se llenará jamás.

YORICK.—Como tienes ese pícaro genio...

WALTON.—Se me cree díscolo porque no sé mentir ni disimular.

YORICK.—Pero ¿ello es que no te enojas porque yo haga de conde Octavio en ese drama?

WALTON.—He dicho ya que no.

YORICK.—¿Y que tú harás de confidente?

WALTON.—Ya he dicho que sí.

YORICK.—¿Y que me estudiarás el papel?

WALTON.—Me ofendes con tus dudas.

YORICK.—Edmundo, ¿oyes esto?

WALTON.—A ver si alguna vez logro ser apreciado justamente.

YORICK.—Mira; la verdad es que a mí me has parecido siempre un bellaco.

WALTON.—Así se juzga a los hombres en el mundo.

YORICK.—Confesar la culpa ya es principio de enmienda; y si tú ahora quisieses darme unos cuantos pescozones...

WALTON.—Debiera dártelos a fe.

YORICK.—Pues anda, no vaciles. En caridad te ruego que me des uno tan siquiera.

WALTON.—¡Eh, quita allá!

YORICK.—Dame entonces la mano.

WALTON.—Eso sí.

(Estrechándose ambos la mano.)

YORICK.—Y yo que hubiera jurado... Si el que piensa mal merecía no equivocarse nunca. ¿Tienes ahora algo que hacer?

WALTON.—Ni algo ni nada.

YORICK.—¡Me alegraría tanto de oírte leer el papel antes de empezar a estudiarle!

WALTON.—Pues si quieres, por mí...

YORICK.—¿Que si quiero? ¡No he de querer! No quiero otra cosa. ¡Vaya, que me dejas atónito con bondad y nobleza tan desmedidas! ¿Quién había de imaginarse que tú...?

WALTON.—*(Con ira.)* ¿Vuelta a las andadas?

YORICK.—No, no... Al contrario... Quería decir... Conque vámonos a mi cuarto... Allí nos encerramos y... Francamente; el papel de marido ultrajado me parece algo dificultoso...

WALTON.—Te engañas. El papel de marido ultrajado se hace sin ninguna dificultad. ¿A que Edmundo opina de igual manera?

EDMUNDO.—¿Yo?... (¿Qué dice este hombre?)

YORICK.—Con tus lecciones todo me será fácil. Y di: ¿me enseñarás alguna de esas inflexiones de voz, de que sacas tanto partido?

WALTON.—Seguramente.

YORICK.—¿Y alguna de esas transiciones repentinas en que siempre te haces aplaudir?

WALTON.—Pregunta excusada.

YORICK.—¿Y aquel modo de fingir el llanto con que arrancas lágrimas al público?

WALTON.—Sí, hombre, sí; todo lo que quieras.

YORICK.—¿Y crees que al fin conseguiré...?

WALTON.—Conseguirás un triunfo.

YORICK.—¿De veras? *(Restregándose las manos de gusto.)*

WALTON.—Ni tú mismo sabes de lo que eres capaz.

YORICK.—*(Con júbilo, que apenas le consiente hablar.)* Pero hombre...

WALTON.—¡Oh, me precio de conocer bien a los actores!

YORICK.—Digo si conocerás bien... Me pondría a saltar de mejor gana que lo digo. Vamos adentro, vamos... *(Dirigiéndose con Walton hacia la derecha. Luego corre al lado de Edmundo. Walton se queda esperándole cerca de la puerta de la derecha.)* Pero, Edmundo, ¿es posible que viéndome tan alegre a mí, no quieras tú alegrarte? Alégrate, por Dios. Quiero que esté alegre todo el mundo.

¿Conque eres tú el villano?...

WALTON.—Anda, y no perdamos tiempo...

YORICK.—*(Corriendo hacia donde está Walton.)* Sí,

sí, no perdamos... Lo que pierdo hoy de seguro es la cabeza... ¡Ah! Oye. *(Volviendo rápidamente al lado de Edmundo y hablándole en voz baja.)* Aunque éste me repase el papel, no renuncio a que tú... ¿Eh? *(Va hasta el comedio del escenario y allí se detiene.)* (Con dos maestros así...) *(Consigo mismo, señalando a Edmundo y Walton.)* Y con Guillermo, por añadidura... Y que yo no soy ningún necio...

¡Tiemble la esposa infiel, tiemble la ingrata!... ¡No hay más, lo haré divinamente! *(Saltando de alegría.)* ¿No lo dije? Ya salté de gozo como un chiquillo.

WALTON.—Pero ¿no vienes?

YORICK.—Sí, sí, vamos allá. *(Vanse Yorick y Walton por la puerta de la derecha.)*

ESCENA V

EDMUNDO, *y a poco* ALICIA

EDMUNDO.—¿Qué pensar? ¿Conoce Walton mi secreto? ¡Dios no lo quiera! ¿Hablaba sin malicia o con intención depravada? ¡Siempre recelar! ¡Siempre temer! ¡Ay, qué asustadiza es la culpa! ¡Ay, qué existencia la del culpado! *(Siéntase cerca de la mesa, en la cual apoya los brazos, dejando caer sobre ellos la cabeza. Alicia sale por la puerta de la izquierda, y, al verlo en aquella actitud, se estremece y corre hacia él sobresaltada.)*

ALICIA.—¿Qué es eso, Edmundo? ¿Qué te pasa? ¿Qué hay?

EDMUNDO.—¡Tú también, desdichada, temblando siempre como yo!

ALICIA.—¿Y qué he de hacer sino temblar? Con la conciencia no se lucha sin miedo.

EDMUNDO.—¿Y hemos de vivir siempre así? Dime, por favor, ¿esto es vida?

ALICIA.—¿A mí me lo preguntas? Cabe en lo posible contar los momentos de un día; no los dolores y zozobras que yo durante un día padezco. Si alguien me mira, digo: ése lo sabe. Si alguien se acerca a mi marido, digo: ése va a contárselo. En todo semblante se me figura descubrir gesto amenazador; amenazadora retumba en mi pecho la palabra más inocente. Me da miedo la luz; temo que haga ver mi conciencia. La oscuridad me espanta; mi conciencia en medio de las tinieblas aparece más tenebrosa. A veces juraría sentir en el rostro la señal de mi delito; quiero tocarla con la mano, y apenas logro que desaparezca la tenaz ilusión mirándome a un espejo. Agótanse ya todas mis fuerzas; no quiere ya seguir penando mi corazón, y la hora bendecida del que necesita descanso llega para mí con nuevos horrores. ¡Ay, que si duermo, quizá sueñe con él; quizá se escape de mis labios su nombre, quizá diga a voces que le amo! Y si al fin duermo a pesar mío, entonces soy más desdichada, porque los vagos temores de la vigilia toman durante el sueño cuerpo de realidad espantosa. Y otra vez es de día: y a la amargura de ayer, que parecía insuperable, excede siempre la de hoy; y a la amargura de hoy, que raya en lo infinito, excede siempre la de mañana. ¿Llorar? ¡Ay, cuánto he llorado! ¿Suspirar? ¡Ay, cuánto he suspirado! Ya no tengo lágrimas ni suspiros que me consuelen. ¿Vienes? ¡Qué susto, qué desear que te vayas! ¿Te vas? ¡Qué angustia, qué desear que vuelvas! Y vuelves, y cuando, como ahora, hablo a solas contigo, me parece que mis palabras suenan tanto que pueden oírse en todas partes; el vuelo de un insecto me deja sin gota de sangre en las venas; creo que dondequiera hay oídos que escuchan, ojos que miran, y yo no sé hacia dónde volver los míos... (Mi-

rando con terror hacia una y otra parte.) y... (Dando
un grito.) ¡Oh!

EDMUNDO.—*(Con sobresalto y ansiedad, mirando en*
la misma dirección que Alicia.) ¿Qué? ¡Habla!

ALICIA.—Nada: mi sombra, mi sombra que me ha
parecido testigo acusador. ¿Y tú me preguntas si esto
es vida? ¡Qué ha de ser vida, Edmundo! No es vida,
no lo es: es una muerte que no se acaba.

EDMUNDO.—Serénate, Alicia, y considera que, a serlo más, te creerías menos culpada. Parece siempre ho-
rrenda la culpa si aún brilla a su lado la virtud.

ALICIA.—No me hables de virtud. Sólo con amarte
huello todos los deberes; ofendo al cielo y a la tierra.
Sálvame; salva, como fuerte, a una débil mujer.

EDMUNDO.—¡Oh, sí; preciso es que ambos nos salve-
mos! Pero ¿cómo salvarnos? ¡Ver a mi Alicia idolatrada y no hablar con ella; hablar con ella y no decirle
que la quiero; dejar de quererla habiéndola querido una
vez!... ¡Qué desatino! ¡Qué locura! Yo, sin embargo,
todos los días me entretengo en formar muy buenos
propósitos, con intención de no cumplirlos; así da uno
que reír al demonio. Propóngome lo que todo el mundo
en ocasiones parecidas: convertir en amistad el amor.
El amor trabajando por hacerse más pequeño, se hace
más grande. No se convierte el amor en amistad; si
acaso, en odio tan vivo y tan profundo como él. La idea
de quererte menos me indigna, me enfurece. Amarte
con delirio o aborrecerte con frenesí: no hay otro remedio. A ver, dime: ¿cómo lograría yo aborrecerte?

ALICIA.—Los días enteros se me pasan a mí también
discurriendo medios de vencer al tirano de mi albedrío.
Si Edmundo se enamorase de otra mujer, me digo a
mí misma, todo estaba arreglado; y con sólo figurarme
que te veo al lado de otra mujer, tiemblo de cólera, y
comparado con este dolor, no hay dolor que a mis ojos

no tome aspecto de alegría. Póngome a pedir a Dios
que me olvides, y noto de pronto que estoy pidiéndole
que me quieras. No más pelear inútilmente. Conozco
mi ingratitud para con el mejor de los hombres: te
amo. Conozco mi vileza: te amo. Sálvame, te decía. Mi
salvación está en no amarte. No me puedes salvar.

EDMUNDO.—¡Alicia, Alicia de mi alma!

ALICIA.—¡Edmundo! *(Van a abrazarse y se detienen,
oyendo ruido en el foro.)* ¡Oh, quita!

ESCENA VI

DICHOS *y* SHAKESPEARE. *Después* YORICK *y* WALTON

SHAKESPEARE.—¡Loado sea Dios, que os encuentro
solos! Buscándoos venía.

EDMUNDO.—*(Con recelo.)* ¿A quién..., a mí?

SHAKESPEARE.—A ti y a ella.

ALICIA.—¿A los dos?

SHAKESPEARE.—A los dos.

EDMUNDO.—(¡Cielos!)

ALICIA.—(¡Dios mío!)

SHAKESPEARE.—¿Puedo hablar sin temor de que nadie nos oiga?

EDMUNDO.—¿Tan secreto es lo que nos tenéis que
revelar?

SHAKESPEARE.—Ni yo mismo quisiera oírlo.

ALICIA.—(No sé qué me sucede.)

EDMUNDO.—Hablad, pero ved lo que decís.

SHAKESPEARE.—*(Clavando en él una mirada.)* Mira
tú lo que dices.

EDMUNDO.—Es que no debo tolerar...

SHAKESPEARE.—*(Imperiosamente.)* Calla y escucha.

EDMUNDO.—*(Baja la cabeza dominado por el tono y el ademán de Shakespeare.)* ¡Oh!

SHAKESPEARE.—Tiempo ha que debí dar voluntariamente un paso que doy ahora arrastrado de la necesidad. Fuí cobarde. ¡Malditos miramientos humanos que hacen cobarde al hombre de bien! Ya no vacilo: ya en nada reparo; Edmundo, tú amas a esa mujer.

EDMUNDO.—¿Yo?...

SHAKESPEARE.—Alicia, tú amas a ese hombre.

ALICIA.—*(Con sobresalto y dolor.)* ¡Ah!

EDMUNDO.—¿Con qué derecho os atrevéis?...

SHAKESPEARE.—Con el derecho que me da el ser amigo del esposo de Alicia y del padre de Edmundo.

EDMUNDO.—Pero si no es cierto lo que decís; si os han engañado.

ALICIA.—Os han engañado, no lo dudéis.

SHAKESPEARE.—La hipocresía y la culpa son hermanas gemelas. Ven acá. *(Asiendo de una mano a Alicia y trayéndola cerca de sí.)* Ven acá. *(Asiendo de una mano a Edmundo y poniéndole delante de Alicia.)* Levanta la cabeza, Edmundo. Levántala tú. *(Levantando con una mano la cabeza de Edmundo, y con la otra la de Alicia.)* Miraos cara a cara con el sosiego del inocente. Miraos. ¡Oh! Pálidos estabais; ¿por qué os ponéis tan encendidos? Antes, el color del remordimiento; ahora, el color de la vergüenza.

ALICIA.—¡Compasión!

EDMUNDO.—*(Con profundo dolor.)* ¡Basta ya!

ALICIA.—Habéis hablado tan de improviso...

EDMUNDO.—La acusación ha caído como un rayo sobre nosotros.

ALICIA.—Hemos tenido miedo.

EDMUNDO.—Os diré la verdad.

ALICIA.—Es cierto: me ama, le amo.

EDMUNDO.—Sois noble y generoso.

ALICIA.—Tendréis lástima de dos infelices.

EDMUNDO. — No querréis aumentar nuestra desventura.

ALICIA.—Al contrario: nos protegeréis, nos defenderéis contra nosotros mismos.

SHAKESPEARE.—Vamos, hijos míos, serenidad.

ALICIA.—¡Hijos nos llama! ¿Lo has oído?

EDMUNDO.—¡Oh, besaremos vuestras plantas!

ALICIA.—*(Yendo a arrodillarse.)* Sí.

SHAKESPEARE.—*(Abriendo los brazos.)* No; en mis brazos estaréis mejor.

EDMUNDO.—*(Deteniéndose con rubor.)* ¡Guillermo!...

ALICIA.—*(Con alegría.)* ¿Es posible?

SHAKESPEARE.—¡Venid!

EDMUNDO.—*(Arrojándose en sus brazos.)* ¡Salvadnos!

ALICIA.—*(Arrojándose también en los brazos de Shakespeare.)* ¡Salvadnos, por piedad!

SHAKESPEARE.—Sí; yo os salvaré con la ayuda de Dios. *(Pausa, durante la cual se oyen los sollozos de Edmundo y Alicia.)*

ALICIA.—Pero ¿qué miro? ¿Estáis llorando?

SHAKESPEARE.—Viendo lágrimas, ¿qué ha de hacer uno sino llorar?

ALICIA.—Edmundo, es un protector que el cielo nos envía. ¡Y le queríamos engañar, queríamos rechazarle! ¡Cuál ciega la desdicha! Tener un amigo que nos consuele, que tome para sí parte de nuestras aflicciones; ser amparados del hombre que mejor puede curar los males del alma, porque es el que los conoce mejor... ¡Oh gozo inesperado! ¿Quién me hubiera dicho momentos ha que tan cerca de mí estaba la alegría? Ya respiro. ¡Ay Edmundo, esto es ya vivir!

SHAKESPEARE.—No hay tiempo que perder. Hablad. Quiero saberlo todo. *(Pausa.)*

EDMUNDO.—Vino ha dos años Alicia a la compañía de vuestro teatro. Entonces la conocí. ¡Nunca la hubiera conocido!

ALICIA.—¡Nunca jamás le hubiera conocido yo!

EDMUNDO.—La vi de lejos; me arrastró hacia ella fuerza misteriosa. Llegué a su lado; miré, no vi; hablé, no se oyó lo que dije. Temblé: ¡la amaba!

ALICIA.—¡Yo le amaba también!

EDMUNDO.—Quiere el amor, aun siendo legítimo, vivir oculto en el fondo del corazón. Pasaron días... Resolví al fin declararme... ¡Imposible!

ALICIA.—Yorick me había manifestado ya su cariño.

EDMUNDO.—Era mi rival el hombre a quien todo se lo debía.

ALICIA.—Cayó mi madre muy enferma; carecíamos de recursos; Yorick apareció a nuestros ojos como enviado de la misericordia infinita.

EDMUNDO.—¿Podía yo impedir que mi bienhechor hiciese bien a los demás?

ALICIA.—Alicia, me dijo un día mi madre: vas a quedarte abandonada; cásate con Yorick; ¡te quiere tanto y es tan bueno!

EDMUNDO.—Yorick me había recogido desnudo y hambriento de en medio de la calle, para darme abrigo y amor y dicha y un lugar en el mundo.

ALICIA.—Por Yorick gozaba mi madre en los últimos días de su existencia todo linaje de consuelos.

EDMUNDO.—Destruir la felicidad de ese hombre hubiera sido en mí sin igual villanía.

ALICIA.—Mi madre rogaba moribunda.

EDMUNDO.—Lo que se hace rindiendo culto a la gratitud, eso es lo que yo hice.

ALICIA.—Lo que se responde a una madre que suplica moribunda, eso es lo que yo respondí.

EDMUNDO.—Y juré que había de olvidarla.

ALICIA.—Y según iba empeñándome en quererle menos, le iba queriendo más.

EDMUNDO.—Era vana la resistencia.

ALICIA.—Pero decía yo: Edmundo es hijo de Yorick.

EDMUNDO.—Yorick es mi padre, decía yo.

ALICIA.—En casándome con Yorick se acabó el amor que ese hombre me inspira.

EDMUNDO.—Se acabó el amor que siento por esa mujer al punto mismo en que Yorick se enlace con ella.

ALICIA.—¿Amar al hijo de mi esposo? ¡Qué horror! No cabe en lo posible.

EDMUNDO.—¿Amar a la esposa de mi padre? ¡Qué locura! No puede ser.

ALICIA.—¡Y con qué afán aguardaba yo la hora de mi enlace!

EDMUNDO.—Siglos se me hacían los minutos que esa hora tardaba en llegar.

ALICIA.—¡Y llegó por fin esa hora!

EDMUNDO.—¡Por fin se casó!

ALICIA.—Y al perder su última esperanza el amor, en vez de huir de nuestro pecho...

EDMUNDO.—Alzóse en él, rugiendo como fiera acosada.

ALICIA.—Callamos, callamos, sin embargo.

EDMUNDO.—A pesar de los ruegos y lágrimas de Yorick, me negué a seguir viviendo en su casa.

ALICIA.—Pero tuvo que venir aquí con frecuencia.

EDMUNDO.—Él lo exigía.

ALICIA.—Nos veíamos diariamente; callamos.

EDMUNDO.—Pasábamos solos una hora y otra hora; callamos.

ALICIA.—Un día, al fin, representando Romeo y Julieta...

EDMUNDO.—Animados por la llama de la hermosa ficción...

ALICIA.—Unida a la llama de la ficción, la llama abrasadora de la verdad...

EDMUNDO.—Cuando tantas miradas estaban fijas en nosotros...

ALICIA.—Cuando tantos oídos estaban pendientes de nuestra voz...

EDMUNDO.—Entonces, mi boca —miento—, mi corazón, le preguntó quedo, muy quedo: «¿Me quieres?»

ALICIA.—Y mi boca —miento—, mi corazón, quedo, muy quedo, respondió: «Sí».

EDMUNDO.—He ahí nuestra culpa.

ALICIA.—Nuestro castigo, a toda hora recelar y temer.

EDMUNDO.—¡Implacables remordimientos!

ALICIA.—¿Consuelo? Ninguno.

EDMUNDO.—¿Remedio? Uno solamente.

ALICIA.—Morir.

EDMUNDO.—Ya nada falta que deciros.

ALICIA.—Lo juramos.

EDMUNDO.—¡Por la vida de Yorick!

ALICIA.—¡Por su vida!

EDMUNDO.—Eso es lo que sucede.

ALICIA.—Eso es.

SHAKESPEARE.—¡Mísera humanidad! Vuélvese en ti manantial de crímenes la noble empresa acometida sin esfuerzo bastante para llevarla a cabo. ¡Mísera humanidad! Retrocedes ante el obstáculo pequeño; saltas por encima del grande. Os amáis; es preciso que no os améis.

EDMUNDO.—Quien tal dice, no sabe que el alma esclavizada por el amor no se libra de su tirano.

SHAKESPEARE.—Quien tal dice, sabe que el alma es libre, como hija de Dios.

ALICIA.—Explicádmelo por piedad: ¿qué hará cuando quiera no amar el que ama?

SHAKESPEARE.—Querer.

EDMUNDO.—Querer no basta.

SHAKESPEARE.—Basta si el querer no es fingido.

ALICIA.—¿Quién lo asegura?

SHAKESPEARE.—Testigo irrecusable.

EDMUNDO.—¿Qué testigo?

SHAKESPEARE.—Vuestra conciencia. Si de la culpa no fuerais responsables, ¿a qué temores, a qué lágrimas, a qué remordimientos? Huirás de Alicia para siempre.

EDMUNDO.—Mil veces se me ha ocurrido ya tal idea. No exijáis imposibles.

SHAKESPEARE.—En la pendiente del crimen hay que retroceder o avanzar: retrocederás, mal que te pese.

EDMUNDO.—¿Haréis que me vaya por fuerza?

SHAKESPEARE.—Si no queda otro remedio, por fuerza se ha de hacer el bien.

ALICIA.—Edmundo os obedecerá. Teniendo ya quien nos proteja, veréis cómo en nosotros renacen el valor y la fe.

EDMUNDO.—¡Oh, sí! Con vuestra ayuda no habrá hazaña que nos parezca imposible. Soldados somos del deber.

ALICIA.—Vos, nuestro capitán.

EDMUNDO.—Conducidnos a la victoria.

SHAKESPEARE.—Si esta buena obra pudiera yo hacer, reiríame de Otelo y de Macbeth, y de todas esas tonterías. *(Con íntimo júbilo.)* Confío en la promesa de un hombre. *(Estrechando a Edmundo la mano.)* Y en la promesa de una mujer. *(Estrechando la mano a Alicia.)*

EDMUNDO y ALICIA.—¡Sí!

SHAKESPEARE.—Pues mientras llega el día de que Edmundo nos deje, nunca estéis solos; nunca delante de los demás os dirijáis ni una mirada. Esto pide el

deber; esto reclama la necesidad. Me figuraba ser el
único poseedor del secreto... ¡Necio de mí! Nunca pudo
estar oculto el amor.

ALICIA.—¿Qué decís?

EDMUNDO.—Explicaos.

SHAKESPEARE.—Conoce también ese horrible secreto
persona de quien fundadamente puede temerse una
vileza.

EDMUNDO.—¿Qué persona?

SHAKESPEARE.—Con motivo del reparto de papeles
de un drama nuevo, está Walton enfurecido contra
Yorick.

EDMUNDO.—*(Con terror.)* ¡Walton!

SHAKESPEARE.—Lo sé por el autor de la obra, que
de casa de Walton fue hace poco a la mía, y me refirió
la plática que ambos acababan de tener. Walton ha dicho estas o parecidas frases, que el autor repetía sin
entenderlas: «Cuadra a Yorick divinamente el papel de
marido ultrajado, y no se le debe disputar.»

ALICIA.—¡Dios de mi vida!

SHAKESPEARE.—«Si por descuido o ceguedad no ad-
virtiese las excelencias de papel tan gallardo, yo le
abriré los ojos.»

ALICIA.—¡Oh, no hay duda; ese hombre es un malvado; nos perderá!

EDMUNDO.—*(Con mucha ansiedad.)* Si, Alicia, estamos perdidos, perdidos sin remedio.

SHAKESPEARE.—Todavía no. Corro al punto en su
busca, y en viéndole yo, nada habrá que temer. *(Dirigiéndose hacia el foro.)*

EDMUNDO.—*(Yendo hacia ella y asiéndole las manos.)*
¡Alicia! ¡Alicia!

ALICIA.—¿Qué tienes? ¿Por qué te acongojas de ese
modo?

SHAKESPEARE.—*(Desde el foro.)* Valor, Edmundo. Volveré en seguida a tranquilizaros.

EDMUNDO.—¡No os vayáis, por Dios!

SHAKESPEARE.—*(Dando algunos pasos hacia el proscenio.)* ¿Que no me vaya? ¿Por qué?

EDMUNDO.—No está ahora Walton en su casa.

SHAKESPEARE. — *(Viniendo al lado de Edmundo.)* ¿Cómo lo sabes?

EDMUNDO.—*(A Shakespeare.)* Yo soy quien os dice: ¡Valor! *(A Alicia.)* ¡Valor, desdichada!

ALICIA.—Sácame de esta horrible ansiedad.

SHAKESPEARE.—¿Dónde está ese hombre?

EDMUNDO.—Aquí.

SHAKESPEARE.—¡Cielos!

ALICIA.—¿Con él?

EDMUNDO.—¡Con él!

SHAKESPEARE.—¿Tú le has visto, sin duda?

EDMUNDO.—Delante de mí empezó ya a descubrir el objeto de su venida.

ALICIA.—¡Oh! ¿Qué hago yo ahora, Dios mío, qué hago yo?

EDMUNDO.—Tierra enemiga, ¿por qué no te abres a mis plantas?

SHAKESPEARE.—¡Qué fatalidad!

ALICIA.—¡No me abandonéis; defendedme, amparadme!

EDMUNDO.—¡Por piedad, un medio, una esperanza!

SHAKESPEARE.—Si nos aturdimos... Calma..., sosiego... *(Como recapacitando. Yorick aparece en la puerta de la derecha seguido de Walton, a quien da la comedia que trae en la mano y hace con semblante alegre señas para que calle, poniéndose un dedo en la boca. Después se acerca rápidamente de puntillas a su mujer.)*

EDMUNDO.—*(Con mucha ansiedad a Shakespeare.)* ¿Qué resolvéis?

ALICIA.—¡Decid!

YORICK.—*(Asiendo por un brazo a su mujer con ac-titud afectadamente trágica, y declamando con exage-rado énfasis.)* Tiemble la esposa infiel, tiemble...

ALICIA. — *(Estremeciéndose con espanto.)* ¡Jesús! ¡Perdón! *(Cayendo al suelo sin sentido.)*

YORICK.—¿Eh?

EDMUNDO.—*(Queriendo lanzarse contra Walton.)* ¡In-fame!

SHAKESPEARE.—*(En voz baja a Edmundo, detenién-dole.)* ¡Insensato!

YORICK.—*(Confuso y aturdido.)* ¡Perdón!

WALTON.—*(Irónicamente.)* (¡Casualidad como ella!)

YORICK.—¡Perdón!... *(Queriendo explicarse lo que sucede. Shakespeare va a socorrer a Alicia.)*

FIN DEL ACTO PRIMERO

ACTO SEGUNDO

La misma decoración del primero

ESCENA I

WALTON.—*(Hablando desde el foro con alguien que se supone estar dentro. Deja el sombrero en una silla y se adelanta hacia el proscenio.)* Esperaré a que vuelva. Pasa conmigo en el ensayo más de tres horas, y poco después va a mi casa a buscarme. ¿Qué me querrá? ¿Y hago yo bien en buscarle a él? Como el ser amado atrae el ser aborrecido. Esta noche se estrenará la comedia nueva; esta noche representará Yorick el papel que debió ser mío, y que villanamente me roba. ¿Lo hará bien? Dejárselo hacer; animarle a intentar cosas muy difíciles, donde no pudiera evitar la caída; representar yo a su lado un papel inferior, me pareció medio eficaz de lograr a un tiempo castigo el más adecuado para él, para mí la más satisfactoria venganza. Hoy temo haberme equivocado. Singular es que todo el mundo crea que ha de hacerlo mal, excepto yo. Fuera de que el vulgo aplaude por costumbre... Yorick es su ídolo... Hasta la circunstancia de verle cambiar repentinamente el zueco por el coturno, le servirá de recomendación... Ni mis enemigos desperdiciarán esta coyuntura que se les ofrece para darme en los ojos. ¡Y qué fervorosa es la alabanza dirigida a quien no la merece! ¡Qué dulce es alabar a uno con el solo fin de hu-

millar a otro! ¡Pues bueno fuera que viniese hoy Yorick con sus manos lavadas a quitarme de las sienes el
lauro regado con sudor y lágrimas en tantos años de
combate; mi única esperanza de consuelo desde que
recibió mi pecho la herida que no ha de cicatrizarse
jamás! ¡Oh gloria! ¡Oh deidad cuanto adorada aborre-
cible! Pies de plomo tienes para acercarte a quien te
llama; alas para la huida. Padece uno si te espera; mas,
si por fin te goza, si luego te pierde, mil veces más.
¿Qué mucho que el anhelo de conservarte ahogue la voz
del honor y de la virtud? No bien supe que Yorick trata-
ba de ofenderme, debí yo de herirle con la noticia de su
oprobio. La venganza más segura y más pronta, ésa es
la mejor. Alcance mi rival un triunfo en las tablas, des-
truyendo mi gloria, y vengarme de él será ya imposible.
Di palabra de guardar el secreto; la di: ¿qué remedio
sino cumplirla? ¡Ejerce Shakespeare sobre mí tan rara
influencia!... ¡Me causa un pavor tan invencible!... Y
no cabe duda ninguna: Yorick tiene celos. Quiere ocul-
tarlos en el fondo del corazón; pero los celos siempre
se asoman a la cara. Hizo en parte la casualidad lo
que yo hubiera debido hacer; y aunque Shakespeare
agotó su ingenio para ofuscarle... Clavada en el alma la
sospecha, no hay sino correr en pos de la verdad hasta
poner sobre ella la mano. ¿Y quién sabe si de los celos
verdaderos del hombre estará recibiendo inspiraciones
el actor para expresar los celos fingidos? Esto faltaba
solamente: que hasta los males de mi enemigo se vuelvan contra mí. *(Cambiando de tono al ver entrar a Yorick por la puerta del foro.)* ¡Ah! ¿Eres tú? A Dios
gracias. Ya me cansaba de esperarte.

ESCENA II

WALTON y YORICK

YORICK.—¿Tú aquí?

WALTON.—Sé que has estado en casa después del ensayo, y vengo a ver en qué puedo servirte. *(Yorick le mira en silencio.)* Di, pues; ¿querías algo?

YORICK.—*(Turbándose.)* Quería solamente... Ya te diré.

WALTON.—(¿Qué será?...)

YORICK.—*(Sentándose.)* He andado mucho y estoy rendido de fatiga.

WALTON.—Descansa en hora buena.

YORICK.—Me prometía hallar alivio con el aire del campo; mas salió vana mi esperanza.

WALTON.—*(Con gozo que no puede reprimir.)* ¿Qué? ¿Te sientes malo?

YORICK.—Siento un malestar, una desazón...

WALTON.—*(Tocándole la frente y las manos.)* A ver, a ver... Estás ardiendo. Si creo que tienes calentura.

YORICK.—Posible es.

WALTON.—¿Por qué no envías un recado a Guillermo?

YORICK.—*(Con enfado y levantándose de pronto.)* ¿A Guillermo? ¿Para qué?

WALTON.—*(Con afectada solicitud.)* Quizá no puedas trabajar esta noche; tal vez haya que suspender la función...

YORICK.—No es mi mal para tanto.

WALTON.—Dejémonos de niñerías; yo mismo iré en busca de Guillermo, y... *(Dando algunos pasos hacia el foro.)*

YORICK.—Te digo que no quiero ver a Guillermo. Te digo que he de trabajar.

WALTON.—*(Con ironía, volviendo a su lado.)* ¡Como esperas alcanzar un triunfo esta noche!...

YORICK.—*(Como si estuviera pensando en otra cosa.)* Un triunfo..., sí, un triunfo... Walton... *(Sin atreverse a continuar.)*

WALTON.—*(Con desabrimiento.)* ¿Qué?

YORICK.—Walton...

WALTON.—Así me llamo.

YORICK.—*(Desconcertado.)* No te burles de mí.

WALTON.—Lelo pareces a fe mía.

YORICK.—Has de saber que tengo un defecto de que nunca puedo corregirme.

WALTON.—¿Uno solo? Dichoso tú.

YORICK.—Me domina la curiosidad.

WALTON.—Adán y Eva fueron los padres del género humano.

YORICK.—Verás. Hablabais esta mañana Guillermo y tú en un rincón muy oscuro del escenario, y, acercándome yo casualmente a vosotros, oí que decías...

WALTON.—¿Qué?

YORICK.—(Se turba.) Oí que decías: «Yo no he faltado a mi promesa; Yorick nada sabe por mí.»

WALTON.—¿Conque oíste?...

YORICK.—Lo que acabo de repetir nada más.

WALTON.—¿Y qué?

YORICK.—Que como soy tan curioso, anhelo averiguar qué es lo que Guillermo te ha exigido que no me reveles.

WALTON.—Pues, con efecto, eres muy curioso.

YORICK.—Advirtiéndotelo empecé.

WALTON.—Tienes además otra flaqueza.

YORICK.—¿Cuál?

WALTON.—La de soñar despierto.

YORICK.—¿De qué lo infieres?

WALTON.—De que supones haberme oído pronunciar palabras que no han salido de mis labios.

YORICK.—¿Que no?

WALTON.—Que no.

YORICK.—Brujería parece.

WALTON.—*(Yendo a coger el sombrero.)* Y si no mandas algo más...

YORICK.—(No saldré de mi duda.) Walton.

WALTON.—*(Dando algunos pasos hacia Yorick con el sombrero en la mano.)* ¿Me llamas?

YORICK.—Sí; para darte la enhorabuena.

WALTON.—¿Por qué?

YORICK.—Porque mientes muy mal.

WALTON.—Ni bien, ni mal: no miento.

YORICK.—*(Con repentina cólera.)* ¡Mientes!

WALTON.—¡Yorick!

YORICK.—¡Mientes!

WALTON.—Pero ¿has perdido la razón?

YORICK.—Cuando digo que mientes, claro está que no la he perdido.

WALTON.—Daré yo prueba de cordura volviéndote la espalda.

YORICK.—*(En tono de amenaza.)* No te irás sin decirme lo que has ofrecido callar.

WALTON.—*(Sin poder contenerse.)* Pues si he ofrecido callarlo, ¿cómo quieres que te lo diga?

YORICK.—¡Ah! ¿Conque no soñé? ¿Conque real y positivamente oí las palabras que negabas antes haber pronunciado?

WALTON.—Déjame en paz. Adiós.

YORICK.—Walton, habla, por piedad.

WALTON.—Yorick, por piedad, no hablaré.

YORICK.—¿Luego es una desgracia lo que se me oculta?

WALTON.—¡ Si pudieses adivinar cuán temeraria es tu porfía, y cuán heroica mi resistencia!

YORICK.—Por quien soy que has de hablar.

WALTON.—Por quien soy que merecías que hablase.

YORICK.—Di.

WALTON.—*(Resuelto a decir lo que se le pregunta.)* ¡ Ah!... *(Cambiando de resolución.)* No.

YORICK.—¿ No?

WALTON.—*(Con frialdad.)* No.

YORICK.—Media hora te doy para que lo pienses.

WALTON.—¿ Me amenazas?

YORICK.—Creo que sí.

WALTON.—¡ Oiga!

YORICK.—Dentro de media hora te buscaré para saber tu última resolución.

WALTON.—¿ Y si no me encuentras?

YORICK.—Diré que tienes miedo.

WALTON.—¿ De quién? ¿ De ti?

YORICK.—De mí.

WALTON.—Aquí estaré dentro de media hora.

YORICK.—¿ Vendrás?

WALTON.—Tenlo por seguro.

YORICK.—¿ A revelarme al fin lo que ahora me callas?

WALTON.—No; sino a ver qué haces cuando nuevamente me niegue a satisfacer tu curiosidad.

YORICK.—Malo es jugar con fuego; peor mil veces jugar con la desesperación de un hombre.

WALTON.—¿ Desesperado estás?

YORICK.—Déjame.

WALTON.—Sin tardanza. ¿ Somos amigos todavía?

YORICK.—No... sí...

WALTON.—¿ Sí o no?

YORICK.—No.

WALTON.—Excuso entonces darte la mano.

YORICK.—Lo seremos toda la vida si cambias de propósito.

WALTON.—Hasta dentro de media hora, Yorick.

YORICK.—Walton, hasta dentro de media hora.

WALTON.—*(Saludando a Edmundo que sale por la puerta del foro.)* Dios te guarde, Edmundo.

EDMUNDO.—*(Con sequedad.)* Y a ti.

WALTON.—(Empeñándose él en saberlo, me será más fácil callar.)

(Vase por el foro.)

ESCENA III

YORICK y EDMUNDO. *Yorick anda de un lado a otro del escenario, manifestando irrefrenable desasosiego*

YORICK.—Hola, señor Edmundo, ¿por qué milagro se os ve al fin aquí?

EDMUNDO.—Como esta mañana me habéis reprendido porque no vengo...

YORICK.—¿Y vienes porque te he reprendido, eh? ¿Solamente por eso?

EDMUNDO.—*(Turbado.)* No... Quiero decir...

YORICK.—No te canses en meditar una disculpa.

EDMUNDO.—*(Buscando algo que decir.)* Me parece que estáis preocupado..., inquieto... Sin duda el estreno de la comedia...

YORICK.—*(Hablando maquinalmente, abstraído en su meditación.)* El estreno de la comedia... Ciertamente..., eso es... *(Sigue andando en varias direcciones con paso, ora lento, ora muy precipitado; a veces se para, siéntase a veces en la silla que ve más cerca de sí, demostrando en todas sus acciones la agitación que lo domina.)*

EDMUNDO.—Por lo que a vos hace, sin embargo, nada

debéis temer. El público os ama ciegamente... Esta noche, como siempre, recompensará vuestro mérito, y...
*(Notando que no se le escucha, deja de hablar, se sienta
y contempla con zozobra a Yorick, que sigue andando
por el escenario. Pausa.)*

YORICK.—*(Sin detenerse.)* ¿Qué decías? Habla...
Te oigo.

EDMUNDO.—(Todo lo sabrá al fin. No hay remedio.)

YORICK.—¿No hablas?

EDMUNDO.—Sí, señor... Decía que el drama de esta
noche...

YORICK.—*(Parándose de pronto delante de Edmundo.)* No me has preguntado por Alicia. ¿Por qué no
me has preguntado por ella?

EDMUNDO. — Habiéndola visto en el ensayo esta
mañana...

YORICK.—Sí..., es verdad...

(Anda otra vez por el escenario.)

EDMUNDO.—(Crecían sus dudas por instantes; han
llegado a lo sumo.)

YORICK.—¿Conque la función de esta noche?...

EDMUNDO.—Me parece que agradará. Tiene interés y
movimiento; es obra de autor desconocido, a quien
no hará guerra la envidia.

YORICK.—*(Hablando consigo mismo y dando una pa-
tada en el suelo.)* ¡No puede ser!

EDMUNDO.—*(Levantándose.)* ¡Oh!

YORICK.—¿Qué? ¿He dicho algo? Suelen estos días
escaparse de mis labios palabras cuyo sentido ignoro.
(Tocándose la frente.) No ando bien estos días.

EDMUNDO.—*(Con ternura, acercándose a él.)* ¿Estáis
enfermo? ¿Qué tenéis?

YORICK.—Un papel tan largo y difícil..., los ensayos...,
el estudio excesivo... Pero no hay que temer. Esto pasará... Ya pasó. Charlemos aquí los dos solos un rato.

(Sentándose en la mesa.) Hablábamos... ¿De qué?...
¡Ah, sí, del drama nuevo! A ti, por lo visto en los ensayos, no te agrada mucho tu papel. ¿Y Alicia? ¿Cómo
la encuentras en el suyo de esposa desleal?

EDMUNDO.—Bien...; muy bien.

YORICK.—*(Impetuosamente, saltando de la mesa al
suelo.)* Bien, ¿eh?

EDMUNDO.—Sí, señor...; yo creo.

YORICK.—*(Conteniéndose y disimulando.)* Y ya ves
cuánto me alegro de que tú... *(Tomando de pronto una
resolución y acercándole mucho a sí.)* Dime: ¿sentiste
alguna vez estallar en tu corazón tempestad furiosa?
¿Pudiste durante mucho tiempo evitar que se vieran
sus relámpagos, que se oyeran sus truenos? ¿Es posible padecer y callar? ¿No arranca por fin el dolor ayes
lastimeros al más sufrido y valeroso? ¿Hará bien la
desgracia en dejarse agobiar de carga irresistible sin
pedir ayuda a la amistad? ¿Y no eres tú mi hijo, el
hijo de mi alma?

EDMUNDO.—*(Abrazándole.)* ¡Oh!, sí; ¡vuestro hijo!

YORICK.—Quiere mucho a tu padre. ¡Ay, tengo ahora tanta necesidad de que alguien me quiera! Porque
sábelo, Edmundo: Alicia... ¡Oh, cuál se niegan mis labios a pronunciar estas palabras! ¡Y si a lo menos
pudiese decirlas sin que llegaran a mis oídos! ¡Alicia
no me ama!

EDMUNDO.—¡Cielos!

YORICK.—¿Ves qué **horrorosa desventura**? Parece imposible que haya desventura mayor. Parece imposible,
¿no es verdad? Pues oye: ¡Alicia ama a otro! *(Muy
conmovido.)* Ahí tienes una desventura mayor; ahí la
tienes.

EDMUNDO.—Pero sin duda os engañáis. ¿Cómo sabéis que vuestra esposa...? *(Con ira en esta última
frase.)* ¿Quién os ha inducido a creerlo?

YORICK.—Al oír que la llamaba esposa infiel, con palabras de esa maldita comedia que le sonaron a verdad, sobrecogióse de modo que llegó a perder el sentido.

EDMUNDO.—¿Qué mucho, si es tan delicada y sensible que al más leve ruido inesperado se conmueve y altera? Ya os lo dijo Guillermo.

YORICK.—Ciertamente que me lo dijo. *(Con ironía.)* Alicia, al desmayarse, pidió perdón.

EDMUNDO.—Turbada por la voz acusadora, su mente, como ciega máquina, siguió el impulso recibido. Guillermo os lo dijo también.

YORICK.—*(Con ironía.)* También me lo dijo, con efecto. Pero en mi pecho quedó leve espina; espina que fue muy pronto clavo encendido. Yo antes nada veía, en nada reparaba. Como la luz del sol, deslumbra la luz de la felicidad. Nublado el cielo de mi dicha, todo lo vi claro y distinto. Recordé un sí ardiente como el amor, y otro sí tibio como la gratitud; únicamente con el amor hace el amor nudo que no se rompa. Recordé lágrimas a deshora vertidas, zozobras y temores sin razón aparente. Parecióme ella más joven y hechicera que nunca; hallé en mí con asombro fealdad y vejez. Ahora, a cada momento reciben nuevo pábulo mis sospechas, porque ya Alicia ni siquiera intenta disimular ni fingir; el peso de la culpa anonada la voluntad. Cuando la miro se agita y conmueve, como si las miradas que le dirijo tuviesen virtud sobrenatural para penetrar en su corazón a modo de flechas punzadoras. Nunca me habla sin que su labio tembloroso revele el temblor de la conciencia. ¿Asómase alguna vez a sus ojos lágrima rebelde? ¡Oh, cuál pugna por encerrarla de nuevo dentro de sí, y qué angustioso es contemplar aquella lágrima, haciéndose cada vez mayor en el párpado que la sujeta! ¿Quiere reírse alguna vez? Su risa es más triste que su llanto. ¡Oh, sí, Edmundo, lo juraría delante de Dios: Alicia esconde secreto abominable en su pecho! De ello me he convencido al fin con espanto; con espanto mayor que me causaría ver abrirse repentinamente el azul purísimo de los cielos, y detras de él aparecer tinieblas y horrores infernales. ¿Quién es el ladrón de mi ventura? ¿Quién el ladrón de su inocencia? Responde. No me digas que no lo sabes: fuera inútil, no te creería. ¿Quién es? ¿No hablas? ¿No quieres hablar? Dios mío, ¿qué mundo es éste donde tantos cómplices halla siempre el delito?

EDMUNDO.—Veros padecer tan cruel amargura me deja sin fuerzas ni aun para despegar los labios. Repito que sospecháis sin fundamento, que yo nada sé...

YORICK.—¿Por qué has sido siempre desdeñoso con Alicia? ¿Por qué has dejado de frecuentar esta casa? Porque sabías que esa mujer engañaba a tu padre; porque no querías autorizar con tu presencia mi ignominia.

EDMUNDO.—Oh, no lo creáis... ¡Qué funesta ilusión!

YORICK.—Si te digo que ya empiezo a ver claro; que ya voy entendiéndolo todo. ¿Ignoras quién es mi rival? Ayúdame a buscarlo. ¿Será Walton quizá?

EDMUNDO.—*(Con indignación.)* ¿Cómo os atrevéis a imaginar siquiera?...

YORICK.—No te canses en disuadirme. No es Walton; de fijo que no. Desechado... ¿Será acaso lord Stanley?

EDMUNDO.—¿Lord Stanley? ¿Porque la otra noche habló con ella un momento?...

YORICK.—Calla, no prosigas. Tampoco es ése, tampoco. Ya me lo figuraba yo. ¿Será el conde de Southampton, el amigo de Shakespeare? *(Pronunciando con dificultad este último nombre.)*

EDMUNDO.—Ved que estáis delirando.

YORICK.—Entonces, ¿quién es? Sí; no hay duda: será quien yo menos querría que fuese. No basta la traición de la esposa; habré de llorar también la traición del amigo.

EDMUNDO.—No sospechéis de nadie. Ese rival no existe. Alicia no es culpada.

YORICK.—A bien que ahora mismo voy a salir de duda... *(Dirigiéndose hacia la puerta de la izquierda.)* Si es culpada o no, ahora mismo voy a saberlo.

EDMUNDO.—¿Qué intentáis?

YORICK.—Nada *(Volviendo al lado de Edmundo.)*: la cosa más natural del mundo; preguntárselo a ella.

EDMUNDO.—*(Horrorizado.)* ¡Eso no!

YORICK.—¿Cómo que no? ¿Puedo yo hacer más que fiarme de su palabra?

EDMUNDO.—Pero ¿y si la acusáis sin motivo? ¿Y si es inocente?

YORICK.—Si es inocente, ¿por qué tiembla? ¿Por qué tiemblo yo? ¿Por qué tiemblas tú?

EDMUNDO.—El tiempo aclarará vuestras dudas.

YORICK.—El tiempo que se mide por la imaginación del hombre, detiénese a veces, poniendo en confusión y espanto a las almas con anticipada eternidad. Días ha que el tiempo no corre para mí. Quiero volver a la existencia.

EDMUNDO.—*(Asiéndole una mano.)* Esperad otro día, otro día no más.

YORICK.—¡Ni un día más, ni una hora más, ni un instante más! *(Procurando desasirse de Edmundo.)* ¡Suelta!

EDMUNDO.—No lo esperéis.

YORICK.—*(Forcejeando para desprender de la suya la mano de Edmundo.)* ¡Qué obstinación tan insufrible! ¡Vaya si es terco el mozo!

EDMUNDO.—¡Escuchad!

YORICK.—*(Haciendo un violento esfuerzo, con el cual*

logra desprenderse de Edmundo.) ¡Y necio por añadidura! Aparta.

EDMUNDO.—¡Oh!

YORICK.—*(Con furor.)* ¡Si no hay remedio! ¡Si he de saberlo todo!...

EDMUNDO.—¡Piedad!

YORICK.—*(Cambiando de tono y con voz lacrimosa.)* ¡Si no quiero tener piedad!

(Vase por la puerta de la izquierda.)

ESCENA IV

EDMUNDO y ALICIA

EDMUNDO.—¡Cielo implacable! *(Viendo aparecer a Alicia muy abatida y acongojada por entre la colgadura que cubre la puerta de la derecha.)* ¡Oh! *(Breve pausa, después de la cual Edmundo corre al lado de Alicia, que habrá permanecido inmóvil, y la trae al proscenio.)* ¿Has oído?

ALICIA.—Sí.

EDMUNDO.—*(En voz baja y muy de prisa.)* Mañana al amanecer se hace a la vela para clima remoto un bajel, cuyo capitán es mi amigo: huyamos.

ALICIA.—No.

EDMUNDO.—De aquí a la noche quedarían dispuestos los medios de la fuga.

ALICIA.—No.

EDMUNDO.—Si de otro modo no fuera posible comunicártelos, en el teatro recibirías luego una carta, y por ella sabrías el término de mi solicitud y lo que uno y otro deberíamos hacer.

ALICIA.—No.

EDMUNDO.—Tu marido va a descubrirlo todo.

ALICIA.—¡Cúmplase la voluntad del cielo!

EDMUNDO.—¿Y qué será de ti?

ALICIA.—¡Bah!

EDMUNDO.—¿Qué será de los dos?

ALICIA.—Huye tú.

EDMUNDO.—¿Solo? ¡Nunca!

ALICIA.—Huye.

EDMUNDO.—Contigo.

ALICIA.—¡Mil veces no!

YORICK.—*(Dentro, llamándola. Alicia se conmueve.)* ¡Alicia! ¡Alicia!

EDMUNDO.—¿Lo ves? Ya no alientas; ya no puedes tenerte en pie.

ALICIA.—*(Con terror.)* ¡Me busca!

EDMUNDO.—Para preguntarte si eres culpada. ¿Qué le responderás?

ALICIA.—*(Con firmeza.)* ¿Qué le he de responder? ¡Que sí!

EDMUNDO.—¿Y después?

ALICIA.—¿Después?... *(Como animada de una esperanza lisonjera.)* ¿Crees tú que será capaz de matarme? *(Manifestando alegría.)* ¡Oh, si me matara!

EDMUNDO.—Su furia o tu propio dolor darán fin a tu vida.

ALICIA.—¿De veras? ¡Qué felicidad!

EDMUNDO.—Y no buscas sólo tu muerte, sino también la mía.

ALICIA.—*(Con pena y sobresalto.)* ¡La tuya!

YORICK.—*(Dentro, más cerca.)* ¡Alicia!

EDMUNDO.—Ya viene.

ALICIA.—Callaré..., fingiré. Ea, impudencia, dame tu serenidad, y con ella búrlese el reo de su juez. No puedo ser más desdichada; pero no temas, no temas; aún puedo ser más despreciable.

YORICK.—¡Alicia!

ALICIA.—*(Yendo hacia donde suena la voz de Yo-rick.)* Aquí estoy. Aquí me tenéis.

EDMUNDO.—Aguarda.

(Yorick sale por la puerta de la izquierda.)

ESCENA V

DICHOS y YORICK

YORICK.—*(Turbándose al ver a Alicia.)* ¡Ah!

ALICIA.—*(Sonriéndose y aparentando serenidad.)* Me buscáis, yo a vos, y parece que andamos huyendo el uno del otro.

YORICK.—(¿Está ahora alegre esta mujer?) *(A Edmundo.)* Tengo que hablar un momento a solas con Alicia. Espérame en mi cuarto.

EDMUNDO.—(La defenderé si es preciso.)

(Vase por la puerta de la derecha.)

ESCENA VI

YORICK y ALICIA. *Yorick contempla un instante a Alicia en silencio. Luego se sienta en el escaño*

YORICK.—Ven, Alicia, ven. *(Alicia da algunos pasos hacia él.)* Acércate más. *(Alicia se acerca más a Yorick.)* Siéntate a mi lado. ¿Acaso tienes miedo de mí?

ALICIA.—*(Sentándose al lado de Yorick.)* ¿Miedo? ¿Por qué?

YORICK.—(Parece otra.)

ALICIA.—¿Qué me queréis?

(Yorick se levanta.)

YORICK.—(Ella serena, yo turbado... Aquí hay un delincuente. ¿Lo es ella? ¿Lo soy yo?)

ALICIA.—(Las fuerzas me abandonan.)

(Yorick se sienta otra vez.)

YORICK.—Alicia: el hombre, por lo regular, se despierta amando a la primera luz de la juventud; corre luego desatentado en pos del goce que mira delante de sí, y como en espinosas zarzas del camino de la vida, enrédase en uno y otro amorío, fútil o vergonzoso, dejando en cada uno de ellos un pedazo del corazón. Íntegro y puro estaba el mío cuando te vi y te amé. Y ¡oh, qué viva la fuerza del amor sentido en el otoño de la existencia, cuando antes no se amó, cuando ya no es posible amar otra vez! Así te amo yo, Alicia. ¿Me amas tú como tú me puedes amar? Responde.

ALICIA.—Yo... Ciertamente... Os debo tantos beneficios...

YORICK.—¡Beneficios!... ¡Si no hablamos de beneficios ahora! ¿Me amas?

ALICIA.—¿No lo sabéis? ¿No soy vuestra esposa?

YORICK.—¿Me amas?

ALICIA.—Sí, señor, sí; os amo.

YORICK.—¿De veras?... *(Con íntimo gozo.)* ¿Sí? ¿Debo creerlo?... Por Dios, que me digas la verdad. ¿No amas a nadie sino a mí? ¿A nadie?

ALICIA.—*(Asustada y queriendo levantarse.)* ¿Qué me preguntáis?

YORICK.—*(Con energía y deteniéndola.)* ¿No amas a otro?

ALICIA.—No, señor, no...

YORICK.—Mira que pienso que me engañas. ¡Ah! *(Concibiendo una esperanza halagüeña.)* Quizá ames a otro y no hayas declarado tu amor todavía. Siendo así, no vaciles en confesármelo. Humildemente aceptaría yo el castigo de haber codiciado para esposa a quien

pudiera ser mi hija; no con severidad de marido, sino
con blandura de padre escucharía tu confesión; te haría
ver la diferencia que hay entre el amor adúltero que
regocija a los infiernos y el conyugal amor que tiene
guardadas en el cielo palmas y coronas; redoblaría mis
atenciones y finezas para contigo, mostrándote enga-
lanado mi afecto con atractivos a cual más dulce y
poderoso; continuamente elevaría súplicas al que todo
lo puede para que no te dejase de la mano; y no lo
dudes, gloria mía, luz de mis ojos; no lo dudes, Alicia
de mis entrañas; conseguiría al fin vencer a mi rival,
ganarme todo tu corazón, volverte a la senda del honor
y la dicha; porque tú eres buena; tu pecho noble y
generoso; caerías en falta por error, no con deliberado
propósito; y conociendo la fealdad del crimen, huirías
de él horrorizada; y conociendo mi cariño... ¡Ay, hija
mía, créelo!, a quien tanto quiere, algo se le puede
querer.

ALICIA.—(Me falta aire que respirar; se me acaba
la vida.)

YORICK.—¿Nada me dices? ¿Callas? ¿Amas y has
declarado ya tu amor? Pues no me lo ocultes. Quiere
la justicia que sea castigada la culpa. No debe quedar
impune la mujer que afrenta a su marido... Y si este
marido no tiene más afán que evitar a su esposa el
menor disgusto, ni más felicidad que adorarla, ni más
existencia que la que de ella recibe; si para ese infeliz
ha de ser todo uno perder el afecto de su esposa y morir desesperado; y ella lo sabe y le condena a padecer
las penas del infierno en esta vida y en la otra... ¡Oh,
entonces ia iniquidad es tan grande que la mente no
la puede abarcar; tan grande, que parece mentira!...
No, si yo no creo que tú... ¡Conmigo tal infamia! ¡Conmigo! ¿Tú haber sido capaz?... No..., no... Si digo
que no lo creo... No puedo creerlo... ¡No lo quiero creer!

*(Cubriéndose el rostro con las manos y llorando a lá-
grima viva. Alicia, mientras habla Yorick, da señales de
ansiedad y dolor cada vez más profundos; quiere en
más de una ocasión levantarse, y no lo hace porque su
marido la detiene; vencida al fin de la emoción, va dejándose caer al suelo poco a poco hasta quedar arrodillada delante de Yorick. Al ver éste, cuando se quita las
manos de los ojos, que Alicia está arrodillada, se aparta
de ella con furor.)* ¡Arrodillada!... *(Alicia apoya la cabeza en el escaño, dando la espalda al público.)* ¡Arrodillada! Si fuera inocente no se arrodillaría. ¿Conque
no me engañé? ¡Infame! *(Va rápidamente hacia su
mujer con ademán amenazador. Viendo que no se mueve
se detiene un instante, y luego se acerca a ella con expresión enteramente contraria.)* ¿Qué es eso? ¿Qué
tienes? *(Levantándole la cabeza y poniéndole una mano
en la frente.)* Desahógate... Llora... *(Alicia prorrumpe
en congojoso llanto.)* ¿Te me vas a morir?... Pero ¿qué
estoy yo haciendo? *(Reprimiéndose.)* ¿Qué me importa
a mí que se muera? *(Con nueva indignación, separándose de Alicia.)* No, no se morirá. ¡Mentira su dolor!
¡Mentira su llanto! ¡Mentira todo! Es mujer.

ALICIA.—¡Ay! *(Falta de respiración y cayendo al
suelo desplomada.)*

YORICK.—*(Corriendo otra vez hacia ella sobresalta-
do.)* ¡Alicia! ¡Alicia! Ea, se acabó... Sosiégate... Mañana veremos lo que se ha de hacer... Hoy, fuerza es pensar en otras cosas. El drama de esta noche... Alicia,
vuelve en ti... ¡Alienta, por Dios! *(Shakespeare aparece
en la puerta del foro. Yorick se incorpora de pronto y
se pone delante de su mujer como para ocultarla.)* ¡Eh!
¿Quién es? ¿Qué se ofrece? ¿Por qué entra nadie aquí?

ESCENA VII

DICHOS y SHAKESPEARE

SHAKESPEARE.—¿Tan ciego estás que no me conoces?

YORICK.—¡Shakespeare! ¡Él!

SHAKESPEARE. — *(Acercándose a Alicia.)* Levanta, Alicia.

YORICK.—¡No la toques!

SHAKESPEARE.—Desde que te has aficionado al género trágico no se te puede tolerar.

(Hace que se levante Alicia, la cual queda apoyada en él, sin dejar de sollozar angustiosamente.)

YORICK.—*(Acercándose a su mujer.)* ¿No te he dicho que no la toques?

SHAKESPEARE.—*(Con gran calma, alargando un brazo para detenerle.)* Aparta.

YORICK.—¿Estoy soñando?

SHAKESPEARE.—Yo juraría que sí, o más bien que estás ebrio o demente. Vamos a tu aposento, Alicia.

(Dirígese lentamente con ella hacia la puerta de la izquierda.)

YORICK.—*(Siguiéndolos.)* ¡Qué! ¿Tú?

SHAKESPEARE.—Aguarda un poco. *(Deteniéndose.)* Ya hablaremos los dos.

YORICK.—¿Eres piedra insensible con apariencia humana?

SHAKESPEARE.—¿Eres mujer con aspecto de hombre? *(Echa a andar otra vez.)*

YORICK.—¡He dicho ya que Alicia no ha de separarse de mí! *(Recobrando su vigor y yendo hacia su mujer como para separarla de Shakespeare. Éste, dejando a Alicia, que se apoya en la mesa con ambas ma-*

*nos, impele a Yorick hacia el proscenio con imponente
serenidad, y mirándole atentamente a los ojos.)*

SHAKESPEARE.—¡He dicho ya que aguardes un poco!

*(Vuelve pausadamente al lado de Alicia, y se va con
ella por la puerta que antes se indicó, sin apartar un
solo momento la mirada de Yorick, el cual permanece
inmóvil, lleno de estupor.)*

ESCENA VIII

YORICK.—*(Llévase, después de breve pausa, una mano
a la frente, y mira en torno suyo, como si despertase
de un sueño.)* ¿Qué es esto? ¿Se ha convertido la realidad de la vida en comedia maravillosa, cuyo desenlace
no se puede prever? ¿Soy víctima de oscura maquinación de brujas, duendes o demonios?... ¡Shakespeare!... Sí, no hay duda... No, no; ¡es imposible! ¡Qué angustia vivir siempre en tinieblas! ¡La luz, Dios eterno,
la luz! ¡Y se ha ido con ella!... ¡Están juntos!... ¡Condenación! ¡Yo los separaré!

(Dirigiéndose a la puerta por donde se fueron Shakespeare y Alicia.)

ESCENA IX

YORICK y WALTON

WALTON.—*(Al aparecer en la puerta del foro.)* Ya es
tiempo; aquí me tienes.

YORICK.—*(Aparentando extraordinaria jovialidad.)*
¡Oh, que es Walton! Bienvenido, Walton, muy bien
venido.

WALTON.—Bien hallado, Yorick.

YORICK.—Esto sí que es cumplir fielmente las promesas.

WALTON.—No las cumplo yo de otro modo.

YORICK.—Y, por supuesto, vendrás decidido a seguir ocultándome lo que deseo averiguar.

WALTON.—Por supuesto.

YORICK.—Sólo que, como antes te amenacé, querrás demostrar que no me tienes miedo.

WALTON.—Precisamente.

YORICK.—¡Así me gustan a mí los hombres! Pues no ha de haber riña entre nosotros. *(Poniéndole una mano en el hombro.)* Pelillos a la mar.

WALTON.—Como quieras. A fe que no esperaba que fueses tan razonable.

YORICK.—Si ya no hay necesidad de que tú a mí me cuentes nada. Soy yo, por lo contrario, quien te va a contar a ti un cuento muy gracioso.

WALTON.—¿Tú a mí?

YORICK.—Érase que se era un mancebo de pocos años, todo vehemencia, todo fuego. Se enamoró perdidamente de una dama hermosísima. *(Walton se estremece.)* Fue correspondido: ¡qué placer! Se casó: ¡gloria sin medida!

WALTON.—*(Muy turbado.)* ¿Adónde vas a parar?

YORICK.—Disfrutaban en paz de tanta ventura, cuando una noche en que volvió a casa inopinadamente el mancebo, cátate que halla a su mujer...

WALTON.—*(Impetuosamente, sin poderse contener.)* ¡Es falso; es mentira!

YORICK.—Cátate que halla a su mujer en los brazos de un hombre.

WALTON.—¡Vive Cristo!

YORICK.—¡Vive Cristo!, diría él, sin duda, porque no era para menos el lance. Y figúrate qué diría después, al averiguar que aquel hombre, señor de alta prosapia, tenía de muy antiguo con su mujer tratos amorosos.

WALTON.—¡Es una vil calumnia! ¡Calla!

YORICK.—Resolvió tomar venganza de la esposa, y la esposa desapareció por arte de magia para siempre.

WALTON.—¿Quieres callar?

YORICK.—Resolvió tomar venganza del amante, y el amante hizo que sus criados le apalearan sin compasión.

WALTON.—*(Ciego de ira, asiendo de un brazo a Yorick.)* Pero ¿todavía no callas?

YORICK.—Pero ¿no hablas todavía? *(En el mismo tono que Walton, y asiéndole de un brazo también.)* ¡Ja, ja, ja! Parece que te ha gustado el cuentecillo. *(Riéndose.)* Hoy el marido apaleado, con diverso oficio y veinte años más de los que a la sazón tenía, lejano el lugar de la ocurrencia, créela en hondo misterio sepultada; pero se engaña el mentecato. *(Hablando de nuevo con energía.)* Sábese que lleva un nombre postizo para ocultar el verdadero, que manchó la deshonra.

WALTON.—¿Qué estás haciendo, Yorick?

YORICK.—No falta quien le señale con el dedo.

WALTON.—¡Oh, rabia!

YORICK.—Hay quien diga al verle pasar: «Ahí va un infame; porque el marido ultrajado que no se venga es un infame.»

WALTON.—Entonces, ¿quién más infame que tú?

YORICK.—¿Eh? ¿Cómo?... ¿Es que ya hablas al fin? Sigue, explícate..., habla...

WALTON.—Yo, al menos, descubrí al punto el engaño.

YORICK.—¡Habla!

WALTON.—Yo, al menos, quise vengarme.

YORICK.—¿Y yo? Habla. ¿Y yo?

WALTON.—Tú eres ciego.

YORICK.—¡Habla!

WALTON.—Tú vives en paz con la deshonra.

YORICK.—¡Habla!

WALTON.—Tu mujer...

YORICK.—¿Mi mujer?... ¡Habla!... ¡Calla, o vive Dios, que te arranco la lengua!

WALTON.—¿Lo estás viendo? Eres más infame que yo.

YORICK.—¿Mi mujer?...

WALTON.—Te engaña.

YORICK.—¡Me engaña! A ver; pruébamelo. Tendrás, sin duda alguna, pruebas evidentes, más claras que la luz del sol. No se lanza acusación tan horrible sin poderla justificar. Pues vengan esas pruebas; dámelas; ¿qué tardas? ¿No tienes pruebas? ¡Qué las has de tener! ¡No las tienes! ¡Bien lo sabía yo! Este hombre osa decir que un ángel es un demonio, y quiere que se le crea por su palabra.

WALTON.—Repito que Alicia te es infiel.

YORICK.—(Acercándose mucho a él.) Repito que lo pruebes. Y si al momento no lo pruebas, di que has mentido; di que Alicia es honrada esposa; di que a nadie ama sino a mí; di que el mundo la respeta y la admira; di que los cielos contemplándola se recrean. ¡Dilo! ¡Si lo has de decir!

WALTON.—Alicia tiene un amante.

YORICK.—¿Eso dices?

WALTON.—Sí.

YORICK.—¿Y no lo pruebas? ¡Ay de ti, villano, que no lo dirás otra vez!

(Lanzándose a Walton como para ahogarle.)

ESCENA X

DICHOS, SHAKESPEARE, ALICIA y EDMUNDO

*Shakespeare y Alicia salen por la izquierda; Edmundo
por la derecha*

EDMUNDO y ALICIA.—¡Oh!

SHAKESPEARE.—*(Poniéndose entre Yorick y Walton.)*
¡Teneos!

WALTON.—*(Confundido al verle.)* ¡Shakespeare!

SHAKESPEARE.—*(Bajo, a Walton, con expresión muy
viva.)* Faltar a una palabra es la mayor de las vilezas.

WALTON.—*(Dejando ver el efecto que le han causado
las palabras de Shakespeare. Luego se dirige rápidamente al foro.)* ¡Oh!... *(A Yorick.)* Llorarás con lágrimas de sangre lo que acabas de hacer. *(Vase.)*

SHAKESPEARE.—¿Qué te ha dicho ese hombre?

YORICK.—Lo que de antemano sabía yo. Que mi mujer tiene un amante. ¡Ese amante eres tú!

SHAKESPEARE.—¡Yo!

ALICIA.—¡Dios santo!...

EDMUNDO.—*(Acercándose a Yorick como para hablar-
le.)* ¡Ah!

SHAKESPEARE.—*(Con ira.)* ¡Yo!... ¡Insensato! *(Sol-
tando una carcajada.)* ¡Ja, ja, ja! ¡Vive Dios, que me
hace reír!

YORICK.—*(Con tierna emoción.)* ¡No es él! ¿No eres
tú? ¿No es el amigo quien me ofende y asesina? Entonces algún consuelo tiene mi desventura. Temía dos
traiciones. Una de ellas no existe. ¡Perdón, **Guillermo**;
perdóname! ¡Soy tan desgraciado!

SHAKESPEARE.—*(Muy conmovido y con vehemencia.)*
Si eres desgraciado ven aquí, y llora sobre un pecho leal.

YORICK.—*(Arrojándose en sus brazos anegado en
lágrimas.)* ¡Guillermo! ¡Guillermo de mi corazón!

EDMUNDO.—*(En voz muy baja, lleno de terror.)*
¿Alicia?...

ALICIA.—*(Con acento de desesperación.)* ¡Sí!

EDMUNDO.—¡Mañana!

ALICIA.—¡Mañana! *(Vase Edmundo por el foro y
Alicia por la derecha. Yorick y Shakespeare siguen
abrazados.)*

FIN DEL ACTO SEGUNDO

A C T O T E R C E R O

PRIMERA PARTE

Cuarto de Yorick y Alicia en el teatro. Mesa larga con tapete, dos espejos pequeños, utensilios de teatro y luces; dos perchas salientes, de las cuales penden cortinas que llegan hasta el suelo, cubriendo la ropa que hay colgada en ellas; algunas sillas; puerta a la derecha, que da al escenario

ESCENA I

EL AUTOR y EL TRASPUNTE

Ambos salen por la puerta de la derecha: el traspunte con un manuscrito abierto en la mano y un melampo con vela encendida

EL TRASPUNTE.—Aquí tendrá agua, de fijo, la señora Alicia.

EL AUTOR.—Sí; ahí veo una botella. *(Indicando una que hay en la mesa.)*

EL TRASPUNTE.—¡Tomad! *(Echando agua de la botella en un vaso. El autor bebe.)*

EL AUTOR.—¡Ay, respiro!... Tenía el corazón metido en un puño... La vista empezaba a turbárseme... ¡Tantas emociones!... ¡Tanta alegría!... ¡Uf!... *(Toma un papel de teatro de encima de la mesa y hácese aire con* él.) Conque dígame el señor traspunte: ¿qué opina de mi drama?

EL TRASPUNTE.—¿Qué opino? ¡Vaya! ¡Cosa más bonita!... Y este último acto no gustará menos que los otros.

EL AUTOR.—Quiera el cielo que no os equivoquéis.

EL TRASPUNTE.—¡Qué me he de equivocar! ¡Si tengo yo un ojo!... En el primer ensayo aseguré que vuestra comedia gustaría casi tanto como una de Shakespeare.

EL AUTOR.—*(Con tono de afectado encarecimiento.)* ¡Shakespeare!... ¡Oh, Shakespeare!... Ciertamente que no faltará quien trate de hacerle sombra conmigo... Pero yo jamás creeré... No, jamás. Yo soy modesto..., muy modesto.

ESCENA II

DICHOS y EDMUNDO. *Éste en traje de Manfredo*

EDMUNDO.—Dime, Tomás, ¿Alicia no se retira ya de la escena hasta que yo salgo?

EL TRASPUNTE.—*(Hojeando la comedia.)* Justo.

EDMUNDO.—¿Y yo me estoy en las tablas hasta el final?

EL TRASPUNTE.—Pues ¿no lo sabéis?... *(Hojeando de nuevo la comedia.)*

EDMUNDO.—*(Dirigiéndose hacia la puerta.)* (Acabado el drama, será ya imposible hacer llegar a sus manos... ¡Qué fatalidad!)

EL AUTOR.—A ver, señor Edmundo, cómo os portáis en la escena del desafío. La verdad: os encuentro..., así... un poco..., pues... En los ensayos habéis estado mucho mejor. Conque, ¿eh?...

EDMUNDO.—Sí, señor, sí... *(Se va pensativo.)*

ESCENA III

EL AUTOR y EL TRASPUNTE: *en seguida* WALTON.
Éste en traje de Landolfo

EL AUTOR.—Apenas se digna contestarme. Rómpase
uno los cascos haciendo comedias como éstas, para que
luego un comiquito displicente...

WALTON.—*(Al traspunte.)* ¿Sale Edmundo de aquí?

EL TRASPUNTE.—Sí, señor.

WALTON.—¿Qué quería?

EL TRASPUNTE.—Nada. Saber cuándo se retira de la
escena la señora Alicia.

EL AUTOR.—¿Verdad, señor Walton, que Edmundo
está representando bastante mal?

EL TRASPUNTE.—Algo debe sucederle esta noche.

EL AUTOR.—Con efecto, dos veces que he ido yo a
su cuarto le he encontrado hablando con Dérvil en voz
baja, y cuando me venía, cambiaban de conversación.
Debía prohibirse que los cómicos recibieran visitas en
el teatro.

WALTON.—Y ese Dérvil, ¿quién es?

EL AUTOR.—El capitán de una embarcación que mañana debe hacerse a la vela.

EL TRASPUNTE.—Pues en cuanto se fue el capitán,
el señor Edmundo me pidió tintero y se puso a escribir
una carta.

EL AUTOR.—¡Escribir cartas durante la representación de una comedia!

WALTON.—(¡Una carta!... Una embarcación que se
hará mañana a la vela...)

EL TRASPUNTE.—*(Dándole un papel doblado en forma de carta.)* Y a propósito de carta; ahí va la que en

este acto habéis de sacar a la escena, para dársela al conde Octavio.

WALTON.—Trae. *(Toma el papel y se lo guarda en un bolsillo del traje. Óyese un aplauso muy grande y rumores de aprobación. Walton se inmuta.)*

EL AUTOR.—Eh, ¿qué tal? ¿Para quién habrá sido?

EL TRASPUNTE. — ¡Toma! Para el señor Yorick. Apuesto algo a que ha sido para él. *(Vase corriendo.)*

ESCENA IV

WALTON y EL AUTOR

EL AUTOR.—¡Cómo está ese hombre esta noche!... Cuando pienso que no quería que hiciese el papel de conde, me daría de cabezadas contra la pared. Mas ya se ve; ¿quién había de imaginarse que un comediante acostumbrado sólo a representar papeles de bufón?... De esta hecha se deja atrás a todos los actores del mundo. ¡Si es mejor que vos!

WALTON. — *(Procurando disimular su enojo.)* ¿De veras?

EL AUTOR.—Mucho mejor.

WALTON.—Y si tal es vuestra opinión, ¿os parece justo ni prudente decírmela a mí cara a cara? *(Cogiéndole de una mano con ira y trayéndole hacia el proscenio.)*

EL AUTOR.—*(Asustado.)* Perdonad... Creí... La gloria de un compañero...

WALTON. — *(Soltándole con ademán despreciativo.)* ¡Sois un mentecato!

EL AUTOR.—¿Cómo es eso?... ¿Mentecato yo?...

ESCENA V

Dichos y El Traspunte

El Traspunte.—Pues lo que yo decía: para él ha sido este último aplauso.

El Autor.—(Se le come la envidia.) ¡Bravo, Yorick, bravo! *(Vase.)*

El Traspunte.—Y vos, ¿cómo juzgáis al señor Yorick?

Walton.—Eres un buen muchacho; trabajas con celo, y he de procurar que Shakespeare te aumente el salario.

El Traspunte.—¡Y qué bien que haríais! Ya sabéis que tengo cuatro chiquillos. ¡Cuatro!

Walton.—¿Conque preguntabas qué tal me ha parecido Yorick?

El Traspunte.—Sí, señor.

Walton.—*(Manifestándose muy afable con el traspunte.)* Y sepamos: ¿qué te parece a ti?

El Traspunte.—¿A mí?

Walton.—Sí, habla. Esta mañana decías que iba a hacerlo muy mal.

El Traspunte.—¡Y tanto como lo dije!

Walton.—*(Con gozo.)* ¿Luego crees?...

El Traspunte.—No creo; estoy seguro...

Walton.—¿De qué?

El Traspunte.—De que dije una tontería.

Walton.—¡Ah!...

El Traspunte.—Buen chasco nos ha dado. En el primer acto se conocía que estaba..., así..., algo aturdido; pero luego... ¡Cáspita, y qué bien ha sacado algunas escenas!... Sí, una vez me quedé embobado oyéndole, sin acordarme de dar la salida a la dama; y a no ser porque el autor estaba a mi lado entre bastidores, y me sacó de mi embobamiento con un buen grito, allí se acaba la comedia. Mirad, señor Walton, cuando os vi representar el Macbeth, creí que no se podía hacer nada mejor... Pues lo que es ahora...

WALTON.—*(Interrumpiéndole.)* Anda, anda; no vayas a caer en falta de nuevo.

EL TRASPUNTE.—*(Como asustado y hojeando la comedia.)* ¿Eh? No: esta escena es muy larga. Se puede apostar a que mientras esté en la compañía el señor Yorick, nadie sino él hará los mejores papeles. ¿Quién se los ha de disputar?

WALTON.—A fe que charlas por los codos.

EL TRASPUNTE.—Fue siempre muy hablador el entusiasmo. Y la verdad..., yo estoy entusiasmado con el señor Yorick. Todo el mundo lo está. Únicamente las partes principales murmuran por lo bajo, y le dan con disimulo alguna que otra dentellada. Envidia, y nada más que envidia.

WALTON.—¿Quieres dejarme en paz?

EL TRASPUNTE.—*(¡Qué gesto! ¡Qué mirada! ¡Necio de mí! Si éste es el que más sale perdiendo... Pues amiguito, paciencia y tragar la saliva.)*

WALTON.—¿Qué rezas entre dientes?

EL TRASPUNTE.—Si no rezo... Al contrario.

WALTON.—Vete ya, o por mi vida...

EL TRASPUNTE.—Ya me voy..., ya me voy... *(Walton se deja caer en una silla con despecho y enojo.)* ¡Rabia, rabia, rabia!... *(Haciendo muecas a Walton, sin que él lo vea. Vase.)*

ESCENA VI

WALTON.—*(Permanece pensativo breves momentos.)*
¡Cómo acerté! ¡Yorick aplaudido con entusiasmo! ¡Qué
triunfo! ¡Qué inmensa gloria! ¡Mayor que la mía! Sí;
¡mil veces mayor! No le perdono la injuria que antes
me hizo... La que ahora me hace, ¿cómo se la he de
perdonar? Sólo que no discurro para mi desagravio
medio que no me parezca vil y mezquino. Quisiera yo
tomar venganza correspondiente a la ofensa, venganza
de que pudiera decir sin orgullo: he ahí una venganza.
(Óyese otro aplauso.) ¡Otro aplauso! *(Asomándose a la
puerta de la derecha.)* ¡Ah! *(Tranquilizándose.)* Para
Alicia. Se retira de la escena... Edmundo va a salir por
el mismo lado... Se miran... ¡Oh! Sí..., no cabe duda...
Rápida ha sido la acción como el pensamiento, pero bien
la he notado yo. Al pasar Alicia, algo le ha dado Edmundo. ¿Qué podrá ser? ¿Quizá la carta de que me han
hablado?... ¿La prueba que Yorick me pedía?... ¡Si
fuera una carta! ¡Si el destino me quisiese amparar!...
Aquí viene... ¡Ah! *(Se oculta detrás de la cortina que
pende de una de las perchas)*

ESCENA VII

WALTON y ALICIA. *Ésta en traje de Beatriz*

Alicia entra por la puerta de la derecha: después de mirar hacia dentro, la cierra poco a poco para que no haga ruido; dando señales de zozobra, se adelanta hasta el comedio del escenario, donde se detiene como perpleja, y al fin abre la mano izquierda, descubriendo un papel, que mira atentamente

WALTON.—Sí, es la carta de Edmundo. *(Con expresión de gozo, sacando un instante la cabeza por entre la cortina, detrás de la cual está escondido. Alicia se acerca rápidamente a la mesa, donde hay luces, y lee la carta con visible temblor, mirando hacia la puerta.)*

ALICIA.—«Hasta ahora no he sabido con certeza si podríamos huir mañana... Ya todo lo tengo preparado... Esta madrugada a las cinco te esperaré en la calle... No nos separaremos nunca... Mi amor durará lo que mi vida... Huyamos; no hay otro remedio: huyamos, Alicia de mi alma, y...» *(Sigue leyendo en voz baja.)* ¡Huir!... ¡Abandonar a ese desgraciado!... Hacer irremediable el mal... ¡Un oprobio eterno!... ¡Jamás!... ¡La muerte es preferible! *(Acerca el papel a la luz como para quemarlo. Walton, que habrá salido sigilosamente de su escondite, detiene el brazo que Alicia alarga para acercar el papel a la luz.)* ¡Oh! *(Cogiendo rápidamente con la otra mano el papel.)* ¡Walton! *(Reparando en él y retrocediendo asustada.)*

WALTON.—Yo soy.

ALICIA.—¿Dónde estabais?

WALTON.—Detrás de esa cortina.

ALICIA.—¿Qué queréis?

WALTON.—Ver lo que os dice Edmundo en el papel que tenéis en la mano.

ALICIA.—*(Apoyándose en la mesa con expresión de terror.)* ¡Misericordia!

WALTON.—Dádmele.

ALICIA.—No os acerquéis.

WALTON.—¿Por qué no?

ALICIA.—Gritaré.

WALTON.—En hora buena.

ALICIA.—¿Cuál es vuestra intención?

WALTON.—Ya lo veréis.

ALICIA.—¿Entregársela a mi marido?

WALTON.—Quizá.

ALICIA.—¡Esta noche!... ¡Aquí!... ¡Durante la representación de la comedia!... Sería una infamia sin ejemplo, una maldad atroz... ¡No hay nombre que dar a semejante villanía! ¡Oh, clemencia!... ¡Un poco de clemencia para él, tan sólo para él! Os lo ruego...; ¿por qué queréis que os lo ruegue?... ¿Qué amáis? ¿Qué palabras llegarían más pronto a vuestro corazón? Decidme qué he de hacer para convenceros.

WALTON.—Sería inútil cuanto hicieseis. Necesito vengarme.

ALICIA.—¿Y por qué no habéis de vengaros? Pero ¿por qué os habéis de vengar esta noche? Mañana os daré el papel que me está abrasando la mano: creedme; lo juro. Mañana sabrá mi marido la verdad. Vos estaréis delante: con su dolor y el mío quedará satisfecha vuestra sed de venganza; no os pesará de haber aguardado hasta mañana para satisfacerla. Me amenazáis con la muerte; con más que la muerte. Dejadme que la sienta venir. Os lo pediré de rodillas. *(Cayendo a sus pies.)* Ya estoy a vuestras plantas. ¿Me concedéis el

plazo que os pido? ¿Me lo concedéis, no es verdad? Decidme que sí.

WALTON.—No, y mil veces no. *(Alicia se levanta de
pronto, llena de indignación.)*

ALICIA.—¡Ah, que le tenía por hombre y es un demonio!

WALTON.—Un hombre soy, un pobre hombre que se
venga.

ALICIA.—*(Viendo entrar a Yorick por la puerta de
la derecha. Llévase a la espalda la mano en que tiene
el papel y se queda como helada de espanto.)* ¡Oh!

ESCENA VIII

DICHOS y YORICK. *Éste en traje de conde Octavio*

YORICK.—*(A Walton con serenidad.)* ¿Qué haces
aquí? ¿Será prudente que nos veamos los dos esta noche fuera de la escena?

WALTON.—Cierto que no lo es; pero cuando sepas lo
que ocurre...

YORICK.—*(Sentándose con abatimiento.)* Nada quiero saber. Esta noche somos del público. Déjame.

WALTON.—¿Tanto puede en ti el ansia de gloria que
olvidas todo lo demás?

YORICK.—*(Con expresión de tristeza.)* ¡Ansia de gloria! Déjame, te lo ruego.

WALTON. — Como antes me habías pedido cierta
prueba...

YORICK.—*(Levantándose y acercándose a Walton.)*
¿Qué?... ¿Qué dices?...

ALICIA.—*(Saliendo de su estupor.)* (Pero ¿es esto
verdad?)

YORICK.—*(Reprimiéndose.)* Walton... Mira que está
ella delante... Mira que en mi presencia nadie debe ul-

trajarla. ¿Una prueba? *(Sin poder dominarse.)* ¿Será posible? ¿Dónde está?

WALTON.—Dile a tu mujer que te enseñe las manos.

ALICIA.—No le escuchéis.

YORICK.—*(A Walton.)* Vete; déjanos.

WALTON.—En una de sus manos tiene un papel.

ALICIA.—Pero ¿no veis que es un malvado?

YORICK.—¡Un papel! *(Queriendo ir hacia su mujer y conteniéndose difícilmente. A Walton.)* Vete.

WALTON.—Ese papel es una carta de su amante.

ALICIA.—*(Apretando el papel en la mano.)* ¡Ah!

YORICK.—¡Ah! *(Corriendo hacia ella.)* Dame esa carta, Alicia. *(Reprimiéndose de nuevo.)*

ALICIA.—No es una carta... ¿Ha dicho que es una carta? Miente; no le creáis.

YORICK.—Te acusa, justifícate. Si ese papel no es una carta, fácilmente puedes confundir al calumniador. Hazlo.

ALICIA.—Es que..., os diré..., esta carta...

YORICK.—Es preciso que yo la vea.

ALICIA.—*(Abandonándose a la desesperación.)* Es imposible que la veáis.

YORICK.—¿Imposible? *(Dando rienda suelta a su cólera.)* Trae. *(Sujetándola bruscamente con una mano y queriendo quitarle con la otra el papel.)*

ALICIA.—¡Oh! *(Haciendo un violento esfuerzo logra desasirse de Yorick, y se dirige hacia la puerta. Yorick va en pos de Alicia; la detiene con la mano izquierda, y con la derecha corre el cerrojo de la puerta.)*

YORICK.—¿Qué intentas? ¿Quieres hacer pública mi deshonra?

ALICIA.—¡Compasión, Madre de los Desamparados!

WALTON.—Es inútil la resistencia. Mejor os estaría ceder.

ALICIA.—¿Y quién os autoriza a vos a darme consejos? Haced callar a ese hombre, Yorick. Tratadme vos
como queráis; sois mi marido, tenéis razón para ofenderme; pero que ese hombre no me ofenda, que no me
hable, que no me mire. Ninguna mujer, ni la más vil,
ni la más degradada, merece la ignominia de que se
atreva a mirarla un hombre como ése. *(Walton sigue
mirándola con sonrisa de triunfo.)* ¡He dicho que no
me miréis! Yorick, ¡me está mirando todavía! *(Óyense
golpes a la puerta.)*

YORICK.—¿Oyes? Tengo que salir a escena.

ALICIA.—¡Idos, idos, por Dios!

EL TRASPUNTE.—*(Dentro, llamándole.)* ¡Yorick!
¡Yorick!

YORICK.—No me obligues a emplear la violencia con
una mujer.

EL TRASPUNTE.—¡Yorick, que estáis haciendo falta!

YORICK.—Pero ¿no oyes lo que dicen?

ALICIA.—¡Me vuelvo loca!

YORICK.—¿Mis amenazas son inútiles?...

EL AUTOR.—Abrid, abrid... ¡Va a quedarse parada
la representación!

YORICK.—¡Oh, acabemos! *(Arrójase frenético a su
mujer, y forcejea con ella para quitarle la carta.)*

ALICIA.—*(Luchando con Yorick.)* ¡Piedad! ¡Piedad!

YORICK.—¡La carta! ¡La carta!

ALICIA.—¡No! ¡Me lastimáis!

SHAKESPEARE. — *(Dentro, golpeando la puerta.)*
¿Quieres abrir con dos mil diablos?

ALICIA. — *(Llamándole a gritos.)* ¡Shakespeare!...
¡Shakespeare!...

YORICK.—¡La carta!

ALICIA.—¡Primero la vida! *(Walton le ase la mano
en que tiene la carta.)* ¡Ah!

WALTON.—*(Quitándole la carta.)* Ya está aquí.

YORICK.—Dámela.

EL AUTOR, SHAKESPEARE y EL TRASPUNTE.—*(Dentro.)* ¡Yorick!... ¡Yorick!...

WALTON.—¡Ah! *(Como asaltado de repentina idea.)* Todavía no. *(Guardándose la carta en un bolsillo.)*

YORICK.—¿No?

ALICIA.—¿Qué dice?

ESCENA IX

DICHOS, SHAKESPEARE, EL AUTOR y EL TRASPUNTE

Salta el cerrojo de la puerta cediendo al empuje que hacen por fuera, y Shakespeare, el autor y el traspunte salen precipitadamente. (Óyense golpes y murmullos)

SHAKESPEARE.—¡Walton!

EL AUTOR.—¡Me habéis perdido!

EL TRASPUNTE.—Dos minutos hará que no hay nadie en la escena.

YORICK.—*(Bajo a Walton.)* ¡Esa carta!

WALTON.—He dicho que ahora no.

EL AUTOR.—Pero ¿qué os pasa? ¡Escuchad! ¡Escuchad! *(Por los murmullos y los golpes que se oyen.)*

EL TRASPUNTE.—*(Apuntándole los versos que ha de decir al salir a la escena.)*

El cielo al fin me ayuda,
y hoy romperé la cárcel de la duda.

YORICK.—*(Bajo a Walton.)* ¡Su nombre, su nombre a lo menos!

WALTON.—Después.

SHAKESPEARE.—El público aguarda, Yorick.

EL TRASPUNTE.—¡El público está furioso!

EL AUTOR.—¡Corred, por compasión! *(Los tres empujan a Yorick hacia la puerta.)*

YORICK.—¡Dejadme! Yo no soy ahora un cómico... Soy un hombre..., un hombre que padece. ¿Me la darás? *(Desprendiéndose de los demás y corriendo hacia Walton.)*

WALTON.—No saldrá de mis manos sino para ir a las tuyas.

EL AUTOR.—*(Asiéndole de nuevo.)* ¡Venid!

EL TRASPUNTE.—*(Apuntándole.)* El cielo al fin me ayuda...

SHAKESPEARE.—¡El deber es antes que todo!

YORICK.—¡Oh! ¡Maldito deber! ¡Maldito yo! *(Vase precipitadamente. Alicia habla con Shakespeare en voz baja.)*

EL TRASPUNTE.—*(A Alicia.)* Vos ahora.

ALICIA.—*(Bajo a Shakespeare.)* Una carta de Edmundo...

EL AUTOR.—*(Muy afligido y consternado.)* ¡Eh! ¿Tampoco ésta quiere salir?

ALICIA.—*(Bajo a Shakespeare.)* Si la ve mi marido...

SHAKESPEARE.—*(Bajo a Alicia.)* No la verá.

EL AUTOR.—¡Señora!...

ALICIA.—Sostenedme, guiadme. *(Vase con el autor, apoyada en él.)*

EL TRASPUNTE.—*(Hojeando la comedia muy azorado.)* Y vos, prevenido. Esta escena es un soplo.

WALTON.—Ya lo sé.

EL TRASPUNTE.—¡Ah! ¿Os di la carta que habéis de sacar ahora?

WALTON.—Sí.

EL TRASPUNTE.—No sé donde tengo la cabeza. *(Vase.)*

ESCENA X

Shakespeare *y* Walton; *a poco* El Autor
y El Traspunte

Shakespeare.—Walton, esa carta no te pertenece.

Walton.—Ni a ti.

Shakespeare.—Su dueño me encarga que la recobre de tus manos.

Walton.—Pues mira cómo has de recobrarla.

Shakespeare.—¿Cómo? *(Con ira, que al momento reprime.)* Walton, los corazones fuertes y generosos no tienen sino lástima para la ajena desventura. Apiádate de Yorick; apiádate siquiera de Alicia. Sálvala si aún está en lo posible. Su falta es menos grave de lo que imaginas, y fácilmente se remedia. Destruyamos ese papel.

Walton.—Yorick me ha ofendido.

Shakespeare.—¿Te ha ofendido Yorick? Pues toma en hora buena satisfacción del agravio; pero tómala noblemente, que no se restaura el honor cometiendo una villanía. Y si Alicia en nada te ofendió, ¿cómo quieres hacerla víctima de tu enojo? Herir con un mismo golpe al inocente y al culpado, obra es de la demencia o la barbarie. Ni aunque esa desdichada te hubiera causado algún mal podrías tomar de ella venganza, a menos de ser vil y cobarde. Se vengan los hombres de los hombres; de las mujeres, no.

Walton.—Pídeme lo que quieras, Guillermo, con tal que no me pidas la carta.

Shakespeare.—Y a ti, miserable, ¿yo qué te puedo pedir? No pienses que ignoro la causa del odio que tienes a Yorick. No le odias porque te haya ofendido, le odias porque le envidias.

WALTON. — *(Con violenta emoción.)* ¡Cómo! ¿Qué osas decir?

SHAKESPEARE.—Te he llamado vil y cobarde; eres otra cosa peor todavía: ¡eres envidioso!

WALTON.—¿Envidioso yo? Ninguna otra injuria me dolería tanto como ésa.

SHAKESPEARE.—Porque es la que mereces más. Sí; la envidia tiene tu alma entre sus garras; la envidia, que llora el bien ajeno y se deleita en el propio mal; la envidia, que fuera la desgracia más digna de lástima si no fuera el más repugnante de los vicios; la envidia, oprobio y rémora de la mente, lepra del corazón. *(Óyese otro aplauso.)*

WALTON. — *(Estremeciéndose.)* El deber me llama. Como tú has dicho a Yorick, el deber es antes que todo.

SHAKESPEARE.—Le aplauden. ¡Óyelo! ¿Tiemblas de oírlo? No hay para un envidioso ruido tan áspero en el mundo como el del aplauso tributado a un rival. *(Sale el autor lleno de júbilo.)*

EL AUTOR.—¡Albricias, albricias! Ya es nuestro el público otra vez. No ha podido menos de aplaudir calurosamente al oír aquellos versos:

> Con ansia el bien se espera que de lejos
> nos envía sus plácidos reflejos;
> mas no con ansia tanta
> cual daño que de lejos nos espanta.

¡Cómo los ha dicho Yorick! ¡Qué gesto! ¡Qué entonación! *(Óyese otro aplauso.)* ¡Otro aplauso, otro! ¡Admirable! ¡Divino! *(Palmoteando.)*

WALTON.—*(Queriendo irse.)* Haré falta si no me dejas.

SHAKESPEARE.—*(Poniéndose delante.)* Dame antes la carta.

EL AUTOR.—Pero, señor, ¿qué tienen todos esta noche?

EL TRASPUNTE.—*(Al llegar.)* Vamos, que al momento salís.

WALTON.—*(A Shakespeare.)* ¿Lo ves? *(Al traspunte.)* Anda, ya te sigo.

SHAKESPEARE.—*(Sujetándole con violencia.)* ¡Quieto aquí!

EL AUTOR y EL TRASPUNTE.—*(Manifestando asombro.)* ¿Eh?

SHAKESPEARE.—Te la arrancaré con el alma si es preciso.

EL AUTOR.—Shakespeare, ved lo que hacéis.

WALTON.—*(Tomando una resolución.)* ¡Oh!

SHAKESPEARE.—¿Qué?

EL AUTOR.—*(Mirando la comedia.)* No faltan más que cinco versos.

WALTON.—*(Sacando una carta de un bolsillo del traje y dándosela a Shakespeare.)* El deber es más poderoso que mi voluntad. Tómala.

SHAKESPEARE.—¡Al fin!... *(Tomando la carta con anhelo. Walton se dirige corriendo hacia la derecha.)*

EL AUTOR.—*(Siguiéndole.)* ¡Corred!

EL TRASPUNTE.—Vedme aquí, gran señor. *(Apuntándole lo que ha de decir al salir a la escena. Vanse Walton, el autor y el traspunte.)*

ESCENA XI

SHAKESPEARE.—*(Abre la carta con mano trémula.)* ¡Una carta en blanco! ¡Ah! *(Dando un grito terrible.)* ¡La que había de sacar a la escena!... ¡Y la otra!... ¡La otra!... ¡Fuego de Dios! *(Corre hacia la derecha, ciego de ira y asómase a la puerta.)* ¡Oh! ¡Ya está delante del público! *(Volviendo al proscenio.)* La serpiente ha engañado al león. ¡Aplaste el león a la serpiente! *(Dirígese hacia la derecha, llevándose la mano a la espada. El blanco entre esta primera parte y la segunda ha de ser brevísimo, casi instantáneo.)*

SEGUNDA PARTE

Magnífico salón en el palacio del conde Octavio. Mesa y sillón a la derecha. Una panoplia con armas a cada lado de la escena

ESCENA ÚNICA

EL CONDE OCTAVIO *(Yorick)*, MANFREDO *(Edmundo)*, BEATRIZ *(Alicia)*, LANDOLFO *(Walton)*, EL APUNTADOR, *en la concha. Al final de la escena,* SHAKESPEARE, EL AUTOR, EL TRASPUNTE *y actores y empleados del teatro*

El conde y Landolfo hablan el uno con el otro sin ser oídos de Beatriz y Manfredo, que están al otro lado de la escena, y demuestran en su actitud y en la expresión de su semblante zozobra y dolor

EL CONDE *(Yorick)*

¡Ay, Landolfo! En tu ausencia
honda ansiedad mi pecho destrozaba;
mayor afán me causa tu presencia.
Responde: ¿ese billete?...
Si está en tu poder, dilo y acaba.

LANDOLFO *(Walton)*

Tomad.

(Dándole la carta de Edmundo)

EL CONDE *(Yorick)*

¡Oh!

(Tomándola con viva emoción)

LANDOLFO *(Walton)*

(¡Me vengué!)

EL CONDE *(Yorick)*

Landolfo, vete.

(Landolfo hace una reverencia y se retira. Al llegar Walton a la puerta de la izquierda, detiénese un momento y mira a Yorick con expresión de mala voluntad satisfecha)

BEATRIZ *(Alicia)*

(En voz baja, con angustia)

¡Manfredo!

MANFREDO *(Edmundo)*

(Lo mismo)

¡Beatriz!

BEATRIZ *(Alicia)*

¡Llegó el instante!

EL CONDE *(Yorick)*

(A Beatriz)

Voy a saber al fin quién es tu, amante.
¡Tiemble la esposa infiel; tiemble la ingrata
que el honor y la dicha me arrebata!
Fue vana tu cautela,
y aquí la prenda de tu culpa mira.

(Abre la carta y se acerca a la mesa, donde hay luces)

La sangre se me hiela...

(Sin atreverse a leer la carta)

¡Arda de nuevo en ira!
¡Ay del vil por quien ciega me envileces!

(Fija la vista en el papel y se estremece violentamente)

¡Eh! ¡Cómo!

(Vencido de la sorpresa, olvídase de que está representando, y dice lo que realmente le dicta su propia emoción, con el tono de la verdad. Edmundo y Alicia le miran con profunda extrañeza)

EL APUNTADOR

¡Oh! ¿Qué miro?...

(Apuntándole en voz alta, creyendo que se ha equivocado, y dando golpes con la comedia en el tablado para llamarle la atención)

YORICK

¿Qué es esto?

El Apuntador

¡Oh! ¡Qué miro! ¡Jesús!

*(Sacando la cabeza fuera de la concha y apuntándole
en voz más alta)*

El conde *(Yorick)*

¡Jesús mil veces!

*(Dice estas palabras de la comedia como si fueran hijas
de su propio dolor y verdadero asombro. Cae desplomado en el sillón que hay cerca de la mesa, cubriéndose
el rostro con las manos. Pausa. Levántase Yorick muy
despacio; mira a Edmundo y a Alicia, luego al público, y quédase inmóvil sin saber qué hacer, apoyado en
la mesa)*

*(Declamando como de memoria, sin interesarse
en lo que dice)*

Aquí, no hay duda, la verdad se encierra.

*(A Edmundo y Alicia, que se acercan a él llenos
de turbación y miedo)*

Venid.

(Mostrándoles la carta, y con nueva energía)

Mirad.

Manfredo *(Edmundo)* y Beatriz *(Alicia)*

¡Oh!

*(Dando un grito verdadero al ver la carta, y retroce-
diendo espantados)*

EL CONDE *(Yorick)*

¡Tráguenos la tierra!

(Vuelve a caer en el sillón; contempla la carta breves instantes, y después, como tomando una resolución desesperada, se levanta y va hacia Edmundo con ademán amenazador; antes de llegar a él, se detiene y mira al público, dando a entender la lucha de afectos que le acongoja. Dirige la vista a otra parte, repara en Alicia, y corre también hacia ella; pero otra vez se detiene, y vuelve al comedio del escenario llevándose las manos alternativamente a la frente y al corazón. Alicia y Edmundo le contemplan aterrados)

EL APUNTADOR

¡Conque eres tú el villano?...

(En voz alta y dando otra vez golpes en el tablado con la comedia)

¡Conque eres tú el villano?...

(Yorick, cediendo a la fuerza de las circunstancias, y no pudiendo dominar su indignación y cólera, hace suya la situación ficticia de la comedia, y dice a Edmundo, como propias, las palabras del personaje que representa. Desde este momento, la ficción dramática queda convertida en viva realidad, y, tanto en Yorick como en Alicia y en Edmundo, se verán confundidos en una sola entidad el personaje de invención y la persona verdadera)

EL CONDE *(Yorick)*

¿Conque eres tú el villano,
tú el pérfido y aleve,

tú el seductor infame que se atreve
a desgarrar el pecho de un anciano?
¿Tú, desdichado huérfano, que abrigo
debiste un día a mi piadosa mano,
que al par hallaste en mí padre y amigo?
¿Tú me arrebatas la adorada esposa?
¿Tú mancillas mi frente?
¡Ya con acción tan noble y generosa
logró admirar el hombre a la serpiente!
Y a fe que bien hiciste. ¡Por Dios vivo!
Que este pago merece quien iluso
creyó deber mostrarse compasivo,
y en otro amor y confianza puso.
No; que aun viéndome herido y humillado,
mi hidalga confianza no deploro.
¡Para el engañador mengua y desdoro!
¡Respeto al engañado!

MANFREDO *(Edmundo)*

¡Padre!... ¡Padre!...

EL CONDE *(Yorick)*

                    ¿No sueño? ¿Padre dijo?

¿Tu padre yo? Pues caiga despiadada
la maldición del padre sobre el hijo.

MANFREDO *(Edmundo)*

¡Cielos! ¡Qué horror!

EL CONDE *(Yorick)*

                    Y a ti, desventurada,
¿qué te podré decir? Sin voz ni aliento,

el cuerpo inmóvil, fija la mirada,
parecieras tal vez de mármol frío
si no se oyese el golpear violento
con que tu corazón responde al mío.
¿Dónde la luz de que, en fatal momento,
vi a tus ojos hacer púdico alarde,
con mengua del lucero de la tarde?
¿Dónde la faz divina,
en que unidos mostraban sus colores
cándido azahar y rosa purpurina?
Ya de tantos hechizos seductores
ni sombra leve a distinguir se alcanza
en tu semblante pálido y marchito.
¡Qué rápida mudanza!
¡Cuánto afea el delito!
Te hallé, ¡ay de mí!, cuando anheloso y triste
pisaba los abrojos
que de la edad madura
cubren la áspera senda; y a mis ojos
como rayo de sol apareciste
que súbito fulgura,
dando risueña luz a nube oscura.
Y vuelta la tristeza en alegría,
cual se adora a los ángeles del cielo,
con toda el alma te adoré rendido.
¿Quién dijera que tanta lozanía
era engañoso velo
de un corazón podrido?
Mas ya candor hipócrita no sella
el tenebroso abismo de tu pecho;
ya sé que eres traidora cuanto bella;
ya sé que está mi honor pedazos hecho;
ya sé que debo odiarte; sólo ignoro
si te odio ya, cual debo, o si aún te adoro.

¡Ay de ti, que el amor desesperado
jamás ha perdonado!

          (*Asiéndola de una mano*)

Y si no quieres que el furor me venza
y que te haga morir hierro inclemente,
mírame frente a frente,
y muere de vergüenza.

     (*Haciéndola caer al suelo de rodillas*)

              BEATRIZ *(Alicia)*

¡Piedad!

          EL CONDE *(Yorick)*

          En vano gemirás sumisa;
piedad no aguardes.

               MANFREDO *(Edmundo)*

               Ella la merece.

          EL CONDE *(Yorick)*

¡Ni ella ni tú!

              BEATRIZ *(Alicia)*

               Mi vida os pertenece;
género es de piedad matar de prisa.

          MANFREDO *(Edmundo)*

Yo solo os ofendí: sobre mí solo
descargad vuestra furia.

          EL CONDE *(Yorick)*

De ambos fue la maldad y el torpe dolo;
ambos me daréis cuenta de la injuria.

MANFREDO *(Edmundo)*

¿Ella también? ¿Capaz de asesinarla
vuestra mano será?

EL CONDE *(Yorick)*

                    Pues di, insensato,
en pena a la traición porque la mato,
¿qué menos que matarla?

BEATRIZ *(Alicia)*

Venga y dé fin la muerte a mi zozobra.
Si falta la virtud, la vida sobra.
Pero mi honor mi sangre os restituya;
mi sangre nada más lave la afrenta.

EL CONDE *(Yorick)*

¿Con tal que él viva morirás contenta?
Tu sangre correrá; también la suya.
¡Y la suya primero!

    (Toma dos espadas de una panoplia)

MANFREDO *(Edmundo)*

¡Noche fatal!

BEATRIZ *(Alicia)*

    ¡Qué horror!

EL CONDE *(Yorick)*

                    Elige acero.

    (Presentándole las espadas)

MANFREDO *(Edmundo)*

Sí, y en mi pecho clávese mi espada.

*(Tomando precipitadamente una espada y volviendo
la punta contra su pecho)*

EL CONDE *(Yorick)*

Y la mía en el pecho de tu amada.

(Yendo hacia su mujer como para herirla)

MANFREDO *(Edmundo)*

¡Oh!

(Corriendo a ponerse delante de Beatriz)

EL CONDE *(Yorick)*

Defiéndela al menos. Considera
que la amenaza mano vengativa.

BEATRIZ *(Alicia)*

Deja, por compasión, deja que muera.

MANFREDO *(Edmundo)*

(Con fuego, dejándose llevar de su amor)

Tú no puedes morir mientras yo viva.

EL CONDE *(Yorick)*

(Acercándose mucho a él y con hablar precipitado)

¿Conque ya, a defenderla decidido,
conmigo reñirás?

MANFREDO *(Edmundo)*

¡Sí!

EL CONDE *(Yorick)*

¿Como fuerte?
¿Quién eres y quién soy dando al olvido?

MANFREDO *(Edmundo)*

¡Sí!

EL CONDE *(Yorick)*

¿Y en la lid procurarás mi muerte?

MANFREDO *(Edmundo)*

¡Sí, por Dios!

EL CONDE *(Yorick)*

¡Ay, que el cielo me debía
tras de tanto dolor tanta alegría!

BEATRIZ *(Alicia)*

Repara...

MANFREDO *(Edmundo)*

(Rechazándola)

¡En nada!

BEATRIZ *(Alicia)*

Advierte...

MANFREDO *(Edmundo)*

(Fuera de sí)

¡Ese hombre es tu enemigo!

BEATRIZ *(Alicia)*

¡Dios eterno!

EL CONDE *(Yorick)*

Soltemos, pues, la rienda a nuestra saña.

MANFREDO *(Edmundo)*

El crimen pide crímenes. ¡Infierno,
digna es de ti la hazaña!
(Yorick y Edmundo riñen encarnizadamente)

BEATRIZ *(Alicia)*
(Sujetando a Edmundo)

¡Tened!

MANFREDO *(Edmundo)*

Déjame.

BEATRIZ *(Alicia)*

Tente.

EL CONDE *(Yorick)*

Por culpa tuya perderá su brío.

BEATRIZ *(Alicia)*
(Pasando al lado de Yorick y sujetándole)

Oídme vos entonces: sed clemente.

EL CONDE *(Yorick)*

¿Le ayudas contra mí?

BEATRIZ *(Alicia)*

(Separándose horrorizada del conde)

¡Destino impío!

MANFREDO *(Edmundo)*

¡Cielos!

(Sintiéndose herido. Suelta la espada y cae al suelo desplomado)

EL CONDE *(Yorick)*

(A Alicia, señalando a Edmundo con la espada)

¡Mira!

BEATRIZ *(Alicia)*

¡Jesús!

MANFREDO *(Edmundo)*

¡Perdón, Dios mío!

(Expira. Alicia corre adonde está Edmundo; inclínase hacia él, y, después de tocarle, da un grito y se levanta despavorida)

ALICIA.—¡Sangre!... ¡Edmundo!... ¡Sangre!... ¡Le ha matado!... ¡Favor!...

YORICK.—¡Calla!

ALICIA.—¡Shakespeare!... ¡Shakespeare! *(A voz en grito, corriendo por la escena.)* ¡Le ha matado!... ¡Favor!... ¡Socorro!

YORICK.—*(Siguiéndola.)* ¡Calla!

SHAKESPEARE.—*(Saliendo por la izquierda.)* ¿Qué has hecho?

(Acércase a Edmundo, y le mira y le toca. El Autor, el Traspunte y todos los actores y empleados del teatro salen también por diversos lados; con expresión de asombro van hacia donde está Edmundo; al verle dan un grito de horror, y todos se apiñan en torno suyo, cuáles inclinándose, cuáles permaneciendo de pie.

ALICIA.—Matadme ahora a mí.

YORICK.—*(Sujetándola y poniéndole una mano en la boca.)* ¡Calla!

ALICIA.—¡Le amaba!

(Shakespeare sale de entre los que rodean a Edmundo y se adelanta hacia el proscenio)

YORICK.—¡Silencio!

ALICIA.—¡Edmundo! ¡Edmundo!

(Con brusca sacudida logra desasirse de Yorick; corre luego hacia Edmundo y cae junto a él. Yorick la sigue y estos tres personajes quedan ocultos a la vista del público por los que rodean al cadáver.)

SHAKESPEARE.—Señores, ya lo veis. *(Dirigiéndose al público y hablando como falto de aliento y muy conmovido.)* No puede terminarse el drama que se estaba representando. Yorick, ofuscada su razón por el entusiasmo, ha herido realmente al actor que hacía el papel de Manfredo. Ni es ésta la única desgracia que el cielo nos envía. También ha dejado de existir el famoso cómico Walton. Acaban de encontrarle en la calle con el pecho atravesado de una estocada. Tenía en la diestra un acero. Su enemigo ha debido matarle riñendo cara a cara con él. Rogad por los muertos. ¡Ay, rogad también por los matadores!...

FIN DEL DRAMA